좋아
보여서
다행

좋아 보여서 다행

이주란 짧은 소설
임수연 그림

마음산책

이주란

2012년 〈세계의문학〉 신인상을 받으며 작품 활동을 시작했다. 소설집『모두 다른 아버지』『한 사람을 위한 마음』『별일은 없고요?』, 장편소설『수면 아래』, 중편소설『어느 날의 나』『해피 엔드』 등이 있다. 김준성문학상, 문학동네 젊은작가상, 가톨릭문학상 신인상을 수상했다.

좋아 보여서 다행

1판 1쇄 인쇄 2024년 4월 25일
1판 1쇄 발행 2024년 4월 30일

지은이 | 이주란
그린이 | 임수연
펴낸이 | 정은숙
펴낸곳 | 마음산책

편집 | 성혜현 · 박선우 · 김수경 · 나한비 · 이동근
디자인 | 오세라 · 한우리
마케팅 | 권혁준 · 김은비 · 최예린
경영지원 | 박지혜

등록 | 2000년 7월 28일(제2000-000237호)
주소 | (우 04043) 서울시 마포구 잔다리로3안길 20
전화 | 대표 362-1452 편집 362-1451   팩스 | 362-1455
홈페이지 | www.maumsan.com
블로그 | blog.naver.com/maumsanchaek
트위터 | twitter.com/maumsanchaek
페이스북 | facebook.com/maumsan
인스타그램 | instagram.com/maumsanchaek
전자우편 | maum@maumsan.com

ISBN 978-89-6090-882-6 03810

나는 그 장면을
다른 사람들에게 말하는 대신
오래도록 기억했다.

지난해의 마지막 날이었다. 만년필로 일기를 쓰는데 갑자기 잉크가 나오지 않았다. 다시 펜촉의 방향을 잡아가며 써보아도 마찬가지였다(만년필 사용법을 잘은 모른다). 어차피 혼자 볼 거여서 나는 그대로 일기 쓰기를 계속했다. 다른 펜을 가지러 가기가 귀찮은 것도 있었지만 이대로도 옅은 자국이 남으니, 읽고 싶을 때 조금 노력을 하면 읽어낼 수 있을 것 같았다. 그 일은 그날 밤 "흰 종이에 흰 글씨를"이라는 메모로 남았고 나는 이 책의 가장 마지막 소설의 마지막 문장에 그것을 적었다.

5~6년 전, 아니면 4~5년 전 보았던 임수연 작가님의 그림이 떠오른 것은 마지막 원고를 넘기고 이틀쯤 지났을 때였다. 기억 속 그 작품은 만화의 형식으로, 흰 종이에 흰색에 가까운 색으로 그려진 그림이 있었고(그 색조차 점점 옅어졌던 기억이다) 그림마다 글도 있었다. 당시 그 작품에 크게 감명받아 어느 짧은 글을 썼을 때 동의를 구하고 사용하였던 기억도 함께 떠올랐다.

내가 우연히 흰 종이에 흰 글씨를 썼다면 임수연 작가님은 어떤 마음으로 그런 그림을 그리고 글을 쓰셨을까 짐작해보다가 지난겨울, 함께 편백나무 숲을 걷던 날을 떠올렸다. 분명 가볍게 동네 산책을 가자고 해놓고 차를 타고 20~30분을 이동한 뒤, 글쎄 경사가 얼마나 가파른지 시내가 전부 내려다보이는 정상까지 뒷짐을 지고 유유히 앞서 걷던 그 뒷모습.

물론 작가님은 계속 땀을 흘리는 내게 쉴 벤치를 찾아

주며 연신 미안하다고 하셨고, 그때마다 나는 속으로 뭔가 예측이 안 되는 채로 끌려다니는 느낌이 낯설고 재밌다는 생각을 하면서 "땀은 나지만 정말이지 공기가 깨끗해서 기분이 참 좋다"라고 말했지만, 사실 난 다음 날 지독한 몸살에 걸리고 말았다(함께였기 때문에 예측이 되지 않는 상황도 즐거웠다는 것, 그날 그 순간의 날씨와 햇살과 재미난 이야기들 덕에 기분이 좋았던 것은 진심이다).

그렇게 중간은 좀 다른 얘기들뿐이지만 「숲」이라는 소설에 나오는 "저기 조금 굽기도 한 게 소나무, 쭉 뻗은 게 편백나무예요"라는 대사와 "면밀히 관찰한 결과, 물닭의 먹이를 갈매기가 먹더군요"라는 메시지는 임수연 작가님이 실제 내게 했던 말들임을 밝혀두고 싶다. 난 물닭이 뭔지 아직도 잘 모르지만 그 두 문장을 소설의 앞뒤에 놓고 보니 어지럽던 마음속이 깨끗해진 것 같았다는 고백도 함께 전한다.

요즘 나는 마음이 조금 구겨져 다소 활기차지 않은 상태이긴 하지만 이런 봄 깊은 밤에 소설을 쓰고 있다는 것에, 임수연 작가님과 함께 책을 만들 수 있었다는 것에 매일 감사하고 있다. 글을 쓰는 동안 도와주신 마음산책에도 깊은 감사를 드린다.

　　그날 나는 임수연 작가님의 망원경을 빌려 마음껏 남쪽 바다를 바라보았다.

2024년 봄

이주란

차례

나아지겠지,
나아질 거야, 보다는
기다린다는 마음으로 살려고 한다.

오랜만의 포옹

1년 후

우리가 헤어졌을 때 인우의 친구들은 인우에게 잘했다고 말했다 한다. 이 말을 내게 전한 것은 인우였고 나는 너무 수치스러워서 다시는 그를 보지 않으려 했다. 하지만 버트를 3주만 돌봐달란 부탁은 거절할 수가 없었다. 버트가 집에서 지냈으면 한다는 것이었다.

짐이 많을 텐데 데리러 갈까?

아니, 나 차 샀어. 비번이나 말해.

비번은 그대로야.

나는 인우의 얼굴을 마주치지 않기 위해 그가 집을 나서고 한 시간쯤 뒤 도착하기로 했다. 수건을 섞어 쓰고 싶지 않아 세세하게 짐을 챙겼더니 거의 이사 수준이었다.

1년 만에 인우의 집에 들어섰다. 달라진 것이 얼마나 없었느냐 하면 텔레비전 앞에 둔 작고 두꺼운 피크의 개수가 정확히 열세 개인 것도 그랬고(나는 그 집에 갈 때마다 그걸 세어보는 습관이 있었다) 싱크대 쪽 선반에 놓인 하얀 탁상시계 아래에는 내 여권 사진이 그대로 있을 정도였다. 나는 그 집의 무엇도 건드리지 않을 작정이었지만 그 사진을 꺼내 지갑에 넣었다.

소파 위치를 바꾸었네.

소파에 앉았더니 계단을 밟고 올라온 버트가 나를 탐색했다.

버트야, 나 기억해?

버트라는 이름은 '폴 길버트'라는 기타리스트를 좋아하던 우리가 함께 지은 이름이었고 그때만 해도 나는 면허조차 없었다. 나는 버트의 저녁 식사를 챙기고 인우가 만들어놓은 달걀덮밥을 안 먹으려다가 먹었다.

[오늘 산책은 내가 아침에 했어. 내일부터 부탁해.]

[응.]

[근데 너 면허 언제 땄어?]

9년간 내게 면허를 따두면 좋을 거라 말했지만 전혀 듣지 않던 내가 차까지 산 내막이 무척 궁금하겠지만 나는 답장하지 않았다. 그냥 작년에야 비로소 무언가를 배울 마음이 생겼던 것뿐이다.

인우의 침대에서 눈을 떴다. 원래는 혼자 자기에 아무 무리가 없는 푹신한 소파나 옷방에서 잘 생각이었는데 버트가 자꾸만 침대에서 우는 바람에 어쩔 수가 없었다. 버트는 여전히 사랑스러웠고 인우가 없어 마음이 불안해선지 오랜만의 날 기억해선지, 아무튼 내 몸에 자기 몸을 꼭 붙이고 잤다.

[버트 잘 잔 거 같아.]

사진 두 장을 전송했더니 자기는 호찌민 우체국 근처에 있는 책거리를 걷고 있다고 했다. 우체국의 ㅊ 자도 보기가 싫은데 책의 ㅊ 자라니. 역시 그대로네. 그런 생각이 들었다. 무엇이 그대로인가 하면 나. 우체국 근처라서 우체국 근처라고 말했고 책거리라서 책거리라고 말했을 뿐인데 ㅊ에 민감하게 반응하고 열받아 하는 나를 뜻하는 것이다.

오길 잘했다.

한번 시험해볼 기회가 필요했는데 잘된 것 같았다. 나는 아직 그대로인 나를 발견했고 적지 않은 돈도 받았다. 내가 여전하다는 것은 좋은 얘긴 아니지만 마침 사려고 했던 구찌 지갑을 살 수 있었다.

침대맡에 우리가 재작년 가을 군산에서 찍은 흑백사진이 붙여둔 그대로 있었기에 역시 떼어서 가져온 트렁크에 넣고 버트의 아침밥을 준비했다. 버트는 밥을 맛있게 먹고 똥도 쌌다. 나는 배변판을 갈아주고 똥을 치웠다. 그리고 버트가 놀고 싶어 하는 것 같아서 조금 놀아주었다. 나의 아침 식사는 김치볶음밥이었다. 인우네 김치 맛은 그대로였다.

오랜만에 하는 버트와의 산책이었다. 버트와 나는 너무

도 익숙하게 산책을 시작했다. 인우와 나 사이의 1년이 무척 길었다면 버트와 나 사이의 1년은 그렇지 않은 듯했다. 그냥 엊그제도 만났던 사이 같았다. 나는 버트와 함께 작은 천과 이어진 산책로를 즐겁게 걸었고 중간중간 찍은 사진 두 장을 인우에게 전송했다. 내가 만약 인우라면 버트가 매일 산책을 하는지 확인하고 싶을지도 몰랐다.

[집에 있는 거 아무거나 다 먹어도 돼.]

사진을 확인하고는 딴소리를 하는 인우였다. 하지만 나는 최대한 그 집을 건드리지 않고(김치만 조금 건드릴 생각이다) 그대로 보존한 상태로 돌아가고 싶다. 그래서 일부러 사다 두었을지 모를 골드키위랄지 한라봉을(썩든지 말든지) 그대로 두고 먹지 않을 것이다. 냉장고엔 편의점에서 산 빵에 들어 있었을 "대충 살자"라는 문구가 쓰인 스티커 열두 개가 붙어 있었다. 산책 후 버트를 씻겨준 후에 장을 좀 봐야겠다.

우리가 헤어졌을 때 내 친구들은 그 사실을 믿지 못했

다. 곧 다시 만날 거라 생각했다. 하지만 그런 일은 일어나지 않았고 몇 개의 계절이 지나자 많은 친구가(두 명) 나보다 더 슬퍼하고 아쉬워했다. 나로 시작된 인연이었지만 이렇게 끝나도 되는 건가, 나 역시 미안한 마음이 있긴 했다. 그렇다고 해도 나 없이 그들이 만난다면 어떤 표정과 말을 나눌 수 있을까? 나는 그 상태를 그대로 두었다. 연락처 알려줄게, 따로 한번 보든지, 라고 나서서 말하진 않았던 것이다. 솔직히 말하자면 마음속 한편에선 부글부글하여 우정을 의심하기도 했다. 나도 인우가 정말 좋은 사람이라고 생각하긴 했지만 뭐랄까, 내가 그렇게 별로였나? 그런 생각이 들었다. 왜 그런 생각이 들었느냐 하면, 사실 그즈음엔 나도 내가 싫어 미칠 지경이었기 때문이다.

　그즈음……이라고 하기엔 좀 길다. 4년 전부터 나는 쭉 그런 기분을 느껴왔다. 계기는 사소했고 그러는 동안 성격이 정말 별로긴 했을 텐데 나로서는 정말 최선을 다한 것이었다. 정말 최선을 다했기 때문에 커다란 사건 같은 것이 있진 않았지만 전에 비해 주변 사람들과 마찰이 잦아지거나 반대로 혼자 속앓이를 자주 했다. 인우와 친구들은 자주 나를 걱정하며 상담이나 검사를 권했다.

그건 그 사람이 좀 심했어. 너무 자책하지 마.

근데 내가 못한 것은 어느 정도 사실이야.

그래도 무시해선 안 됐어. 말이 너무 심했다고.

그치? 나도 사실 내가 그렇게 못했다고 생각하진 않아.

당시에 나는 대표의 너무나도 강력한 무시에 혼란스러웠다. 내가 그렇게 못하지는 않았다고 생각하는 마음과 사실 좀 못했다는 마음이 하루에 수십 번 오갔다. 하지만 어떤 마음도 인정하지 못했다. 결국 8개월에 걸쳐 그 일을 마쳤지만 왜인지 전과는 다른 성격이 되어 있었다. 그 전까지는 누군가와 싸우는 일이 거의 없었는데(참느라고 싸우지 않은 게 아니라 정말 그럴 일이 별로 없었다) 그즈음부터는 자꾸만 남 욕이 하고 싶었고 세상의 거의 모든 것이 마음에 들지 않았고 일을 마친 뒤 다들 잘했다고 말해주어도 전혀 믿지 못했으며(내 기준이지만) 자주 일을 망쳤고 그러고 나면 스스로를 욕했으며, 누군가에게 그런 모습을 들키면 합리화를 위해 다시 대표를 욕하는 악순환에 빠져들었다. 그렇다고 내가 원래 나 자신을 늘 사랑하는 사람은 아니었으나 가끔 그때를 돌이켜보면 내가 다른 사람처럼 느껴질 때가 있다.

4년 정도의 시간 동안 일곱 명에게 그런 모습을 들켰다(나는 그런 순간마다 세세하게 기록을 해두었다). 세 사람은 날 용서해줬고 네 사람은 혀를 차며 떠나갔다. 나는 그 사람들에게 사과했으나 만나지는 않는다. 만나자고 하면 덜컥 겁부터 난다.

대표가 내게 한 정확한 워딩은 인우 외에 일곱 명이 알고 있다. 대표는 그 일을(잊은 건지 잊은 척을 하는 건지 모르겠지만) 잊은 듯하다. 대표가 열심히 세상을 살아가는 동안여전히 남이 한 말에, ㅊ이란 자음에 모욕감을 느끼는 나. 나는 1년쯤 지난 후부터 그것이 대표의 문제가 아니라 내

문제라고 생각했지만 구겨진 마음은 좀처럼 펴지지 않았다. 일만 들어오면(하긴 하지만) 겁부터 나는 사람.

나아지겠지, 나아질 거야, 보다는 기다린다는 마음으로 살려고 한다.

마트에 가려고 현관에 서자 버트가 따라 나왔다. 인우가 없어서인지 전보다 더 많이 내게 왔다. 그래도 버트야, 인우는 3주만 기다리면 정말 와. 너의 기다림은 기한이 정해진 기다림. 게다가 난 한 시간이면 돌아올 거야. 나는 근처 마트에 가서 간단한 장을 보고 인우의 전화번호 뒷자리로 적립했다.

버트와 나는 각자 밥을 먹고 함께 산책을 하면서 시간을 보냈다. 인우의 집에는 아침부터 햇살이 쏟아져 들어왔고 나는 피할 새 없이 그 햇살을 맞았다. 인우의 집에는 커튼이 없었다. 사지 않을 거지만 생활용품 사이트에 들어가 인우의 집에 어울릴 만한 커튼을 구경했다.

[오늘은 버트가 너무 붙어 있어서 사진을 찍을 수가 없었어.]

[응, 괜찮아. 매일 보내주지 않아도 돼.]

나는 버트를 찍으면 내 품이랄지 다리 같은 것이(정말 아주 조금이지만) 함께 나오는 것이 싫어서 몇몇 날은 사진을 찍어놓고도 보내지 않았다.

아파트 엘리베이터에서 만나는 사람들과는 간단한 눈인사를 했다. 아마도 이곳 주민들은 버트를 알 것이다. 말을 섞은 사람은 3주간 없었다. 나는 큰비가 내렸던 이틀을 제외하고는 매일 버트와 산책을 나갔다. 산책로에는 맨발로 걷는 사람들이 있었는데, 내가 오전 10시에 나가든 오후 3시에 나가든 아무튼 꼭 두 사람씩은 마주쳤다.

언제부터 맨발로 걷기 시작하셨어요?

한 2~3년 됐어요.

그랬구나. 자주 인우의 집에 왔고 지금과 같은 경로로 버트와 산책을 다니면서도 내가 못 봤던 것이었구나. 나는 거의 매일 밤 두세 장의 사진을 인우에게 전송했고 그는 내게 고맙다는 메시지와 함께 호찌민의 풍경을 담은 사진들을 보내왔다. 나는 내 건강을 생각해서 골드키위와 한라봉을 먹었다.

[마지막 산책했어.]

인우가 돌아오는 날 오전에 나는 버트와 산책을 했다. 토요일이어서 와플집 근처에 있는 복권방까지 돌아가서 복권도 샀다. 안고 들어와도 된다는 허락을 받고 들어갔을 땐 복권방 안에 있던 두 사람이 어쩌면 그렇게 털에 윤기가 나느냐며 비결을 물어왔다. 에구, 감사합니다. 난 그 비결을 몰라서 웃고 말았다. 정말 아홉 살이냐고 재차 묻기에 그렇다고 했더니 갓 태어난 것 같다면서 믿을 수 없어 했다. 나는 그들의 오버스러운 말이 좋았다. 버트는 인우와 내가 만난 지 한두 달 되었을 무렵 인우에게 온 것이 맞았다. 우리가 만나고 한두 달쯤 후엔 그런 일이 있었고 우리가 헤어지기 한두 달쯤 전엔 인우가 이렇게 말도 안 되는 일이 있을 수 있느냐며, 내 책이 480원에 팔리고 있다는 사실을 전해준 일이 있었다. 폴 길버트의 품행이 얼마나 바른지에 대해서 알려준 것도 인우였다.

[집에는 밤 10시쯤 도착해.]

마지막 산책 사진에 대한 답장 격의 메시지가 왔다. 나는 내가 빼먹은 달걀과 과일과 버트 몫의 고구마를 사다 둔 뒤 역시 그의 전화번호 뒷자리로 적립을 했고 집으로 돌아와서 늦은 점심을 먹었다. 그리고 잠든 버트 곁에서 짧은 잠을 잤다.

저녁 즈음에 일어나서는 곧바로 짐을 챙겼다. 9시쯤엔 이 집을 나설 것이다. 나는 가져온 것들을 다시 가져가야 했고 챙길 것이 너무 많아 여러 번 집 안을 둘러보았다. 청소를 마치고 거실로 돌아왔더니 버트가 열려 있던 트렁크 안에 들어가 있었다.

버트야, 미안해. 그래도 인우가 한 시간 내로 온단다. 얼른 나와.

나는 버트를 끌어냈다. 버트는 나오지 않겠다며 고집을 부렸다.

금방 온다구. 얼른 나오라구.

돌아보니 김치가 조금 빈 것 말고는 내가 오던 날과 거의 똑같은 인우의 집이 되었다. 아직 덜 마른 침대 시트만이 거실 한편에서 건조되고 있을 뿐이었다. 나는 첫날 탁상시계 아래에서 빼낸 내 여권 사진과 침대맡에서 떼어낸 흑백사진을 꺼내 제자리에 그대로 두었다. 내가 3주간 다녀간 흔적이 거의 없도록 최선을 다하기 위해서 그렇게 했다. 그리고 인우가 도착하기 한 시간 전에 그 집을 떠났다.

바람이 불면 흔들리도록

짧은 여름밤이 가고 날이 밝아왔다. 종수는 언젠가 이런 날이 올 거라고 생각하며 살아왔다. 그전에도 우리는 언제고 한 번쯤 어디선가 서로를 지나친 적이 있었을 거라고. 있었는데, 모른 채 그냥 지나쳐버린 걸 거라고. 그런데, 우리라니? 생각뿐이었지만 종수는 벌써부터 자기도 모르게 그와 자신을 묶어 '우리'라는 표현을 썼다는 사실에 놀랐다.

가끔 길에서 자신을 닮은 사람을 보면 뚫어져라 바라보곤 했다. 실례인 줄 알면서도 그랬다. 그 사람의 성별이 어떻든 나이가 많든 적든 어떻게든 자신과 연결되어 있을 것만 같았다. 이렇게 많은 사람에 둘러싸여 살면서도 닮은 사람을 만나기란 쉽지 않은 법이니까. 등 뒤에서 들려오는 목소리나 얼핏 스친 분위기만으로도 서로를 알아볼 수 있을 거라는 사신은 있었지만 지금까지 그런 일은 없었다. 그런 경험 때문에 종수는 자신이 원하는 일은 오직 나와 그의 의지로서만 가능할 뿐, 세상에 우연이라는 건 없다고 생각하기도 했다.

가장 먼저 뭘 묻고 싶어?

좋아하는 음식.

운전을 할 수 없을 것 같아 해원이 운전대를 잡았다. 약속은 내일이지만 사실상 약속을 잡은 날부터 종수는 그를 만나러 가고 있는 것 같았다. 어떤 음식을 좋아하시나요. 그걸 먹을까 합니다. 종수는 조수석에 앉아 여러 번 그 말을 되풀이해서 연습했다. 그리고 그 음식이 나오길 기다리는 동안 진짜 궁금했던 것들을 물을 거야. 해원은 그게 뭔지는 묻지 않았고 주파수를 클래식 라디오에 맞추었다.

종수와 해원이 도착한 민박집 앞에는 "민박 안 합니다"
라고 쓰인 간판이 세워져 있었다. 어떻게 된 거지? 차에서
내린 해원이 주위를 둘러보다 민박집 안으로 들어갔다. 한
참 후에 그녀는 안에 아무도 없어, 하고 손을 흔들며 나왔
다. 그제야 민박집 입구에 아까부터 풍경처럼 앉아 있던
노인을 발견할 수 있었다.

　할아버지, 여기 민박 안 하시나요?

　해요.

　아, 해요?

　노인은 고개를 끄덕였고 종수와 해원은 짐을 내렸다. 노
인은 그저 물이 차오른 저수지를 바라볼 뿐이었고 마침 낮
은 담 너머에서 밭일을 하던 할머니가 일손을 멈추고 다가
와 방을 안내해주고 돌아갔다. 해원은 마당 수돗가에서 손
을 씻고 세수를 했다. 바짝 말라 있던 시멘트 바닥이 진하
게 젖어갔다. 그러는 동안 종수는 노인이 바라보는 저수지
에 시선을 두었다. 반대편 쪽에서 서너 명이 낚시를 하고
있는 듯 보였고 주변으로는 온통 은사시나무 숲이었다.

[그 사람이 네 아버지야. 이럴 수는 없어. 확실해.]

　메시지를 보내온 것은 종수가 어릴 때부터 오랫동안 봐온 구 씨였다. 오지를 다니며 물건을 파는 사람이었다. 종수는 구 씨에게 몇 가지를 물어봐달라고 말했고 구 씨는 아귀가 잘 맞는다며, 그리고 무엇보다 얼굴이며 골격은 물론이고 손가락 길이마저도 똑 닮았더라고 전해왔다.

　얼굴 한 번 본 적 없고 목소리 한 번 들은 적 없으나 종수는 늘 아버지를 그리워했다. 한 번도 본 적 없는 사람을 그리워한다고? 게다가 너를 버린 사람을? 친구들이 말했고 그들은 저마다의 이유로 아버지를 좋아하거나 싫어했지만 그리워하는 경우는 없었다. 나를 정말 버렸을까? 당연하지. 하지만 당연한 것은 당연한 사람들에게나 당연한 것이 아닐까?

　종수는 오랫동안 없음에 대해 생각해왔다. 없음은 종수에게 자기 자신보다도 더 오래된 주제였다. 그것에 대한 이야기가 나오면 잘 설명해서 서로 이해하고 싶었다. 하지

만 있다 없어진 게 아니라 애초에 없었으므로 정작 자기 자신에 대해 말할 수 있을 뿐이었다.

너 힘들게 살았다는 거구나. 고생했네. 그래서 그게 뭐?

최근에 종수가 마음에 든다며 빠르게 다가와 가까워진 사람이 그런 말을 했을 때 종수는 수치스러웠다. 내가 어리석었던 것 같다. 그걸 왜 얘한테 이해받으려고 했을까. 그래, 가족이란 게 뭐 별건가. 그만두자. 그렇게 포기했을 때 구 씨의 연락을 받았다.

이 길엔 오랜 친구인 해원이 기꺼이 동행해주었다. 그가 진짜 종수의 아버지든 아니든 혼자서는 그 후의 세계를 감당할 수 있을 것 같지 않았기 때문에. 찾아가는 동안에도 '미안한데 아직 볼 마음이 없어요. 연락 안 하고 지냈으면 좋겠어요'라는 연락이 올 것만 같아 불안했기 때문에 혼자일 수는 없었다. 그렇게 처리해야 할 기분들이 너무 많아 밥도 잘 넘기지 못했던 밤이 찾아왔고 잔잔한 바람에도 흔들리던 은사시나무 잎들이 내는 소리에 종수는 오랜만의 단잠을 잤다.

새들은 아침부터 지저귀고 구 씨를 통해 아버지일지도 모르는 그가 백숙을 좋아한다는 얘길 전해 들었다. 해원은 긴장한 종수를 대신해 근방의 백숙집을 알아보고 예약했다. 인터넷이 여의치 않아 직접 마을로 나가보려 했을 때 두 사람의 얘길 듣고 있던 노인이 알려준 정보였다.

커다란 버드나무가 있는 곳이었다. 해원과 종수는 30분쯤을 달려 노인이 알려준 식당에 당도했다. 문을 열고 들어가자 그가 있었다. 종수는 한눈에 그를 알아보았다. 화살이 과녁에 명중한 듯한 느낌이 왔다. 틀림없이 그였다. 긴장한 만큼 평소보다 커진 보폭으로 종수는 그를 향해 걸었고 해원도 약간 긴장한 채로 종수를 따라갔다. 그는 한 남자와 함께 자리에서 일어나 종수와 해원을 반겼다.

어서 와요.

안녕하세요.

그의 아들이라는 남자와 해원도 소개를 마쳤다.

일찍 오셨네요. 늦어서 죄송합니다.

아니에요. 어서 앉아요.

백숙을 좋아하신다고 해서 이리로 예약했는데 어떠세요.

아유, 너무 고맙지요. 그래…… 백숙 좋아해요?

저는, 저는, 다 좋아해요.

종수는 울먹였고,

다음엔 먹고 싶은 거 먹으러 가요.

그는 만나자마자 다음 약속을 잡았다. 해원은 종수를 살피며 잠깐씩 그의 어깨나 손을 잡아주었다. 음식이 나왔을 때는 종수의 아버지일지도 모르는 그가 다리 하나를 뜯어 가장 먼저 종수의 그릇에 놓아주었다.

뭐라고 불러야 할지…….

아버지라고 부르지 뭐.

그럼…… 네, 그럼 얼른 드세요.

형님도 얼른 드세요.

네 사람은 서로에게 깍듯했고, 어색한 침묵이 여러 번 찾아올 때마다 정오를 지날 무렵의 여름 햇살이 창 안으로 들이쳤다. 모두 젓가락을 들고는 있었지만 딱히 음식을 먹지는 않았다. 짧은 침묵 끝에 서로에게 음식을 권할 때마다 아주 조금씩만 입안으로 닭을 찢어 넣었다. 식당 안은 어느새 사람들로 가득 차 있었다.

그래, 그동안 어디서 살았어요.

쭉 서울에서 컸어요.

나는 여기서 쭉 살았어요.

그러셨구나.

구 씨가 이 마을에 다닌 지 20년이 다 되어가는데, 진작 알았으면 얼마나 좋았을까, 그 생각을 어찌나 많이 했는지.

그가 말했고 종수는 마음이 벅차올랐다.

그럼 어머니는……

작년에 돌아가셨어요.

음…….

대화는 띄엄띄엄 이어졌고 종수는 맞은편에 앉은 그를 대놓고 보지 못하고 계속해서 곁눈질했다.

종수랑 정말 닮으셨어요.

해원이 말했고 그의 아들이 고개를 끄덕이며 자신보다
더 많이 닮은 것 같다고 웃으며 말했다.

저는 이 근방에서 작은 고물상을 하나 하고 있어요.

그의 아들이 덧붙였고 이번엔 해원이 아 그러시구나, 하
고 웃으면서 고개를 끄덕였다.

근데 볼수록, 두 분이 정말 닮으셨어요.

네, 정말 닮으셨어요.

네 사람은 확신했고 돌아가며 그렇게 말했다. 이제 종수
는 그를 뚫어지게 바라보며 생각했다. 40년을 따로 살았지
만 알 것 같아. 내가 더 나이 들면 저 얼굴이 되리라는 걸.

식사를 마친 네 사람이 밖으로 나왔다. 그는 식당 마당
한쪽에 묶여 있던 하얀 개에게 다가가 목줄을 풀었다. 그
와 17년을 함께하고 있다는 개였다.

웬만한 곳은 다 데리고 다니세요.

그의 아들이 말했고 종수는 그러시구나, 하고 부러운 마

음으로 대답했다.

종수 씨는 어떤 음식을 좋아해요?

다음엔 자기가 예약을 해두겠다며 그가 물었고 종수가 좀 생각하다가 대답했다.

국수요. 국수를 좋아해요.

어, 정말요? 아버지도 하루 한 끼는 국수를 드세요.

그의 아들이 종수의 대답을 반기며 말했다.

우리 국숫집에서 또 만나요. 아니, 내가 만들어줄게. 괜찮으면 우리 집으로 와요.

그가 말했고 종수는 고개를 끄덕였다. 뜨거운 여름 바람이 불어왔다. 나뭇잎들이 찰랑이는 소리가 들려왔고 종수는 고개를 들어 바람에 흔들리는 은사시나무 숲을 바라보았다. 개의 목줄을 아들에게 넘긴 그가 종수의 손을 꽉 잡았고 두 사람은 얼마간 눈을 마주쳤다. 그는 종수를 짧게 안았다.

유전자 검사 결과는 불일치로 나왔다. 그가 40년 전 종수의 어머니와 만난 것은 사실이었지만 종수의 아버지는 아니었다. 역시 전날 해원과 함께 출발해 다시 이곳에 와 있던 종수는 그래도 국수를 먹으러 오라는 그의 제안에 망설이다가 거절했다. 방 안에 있을 수 없어 민박집 마당으로 나왔다. 마당 수돗가에서 세수를 하고는 머리까지 적셨다. 지하수가 종수의 몸을 타고 흘렀다.

노인은 오늘도 낚시 의자에 앉아 넓고 깊은 저수지를 바라보고 있었고 할머니가 종수에게 다가왔다.

하루 종일 저러고 있는데, 왜 저러는지 모르겠네, 거참. 점심은유?

네?

점심.

아직…….

할머니는 마당 끝에 놓인 평상에 은쟁반을 내려놓았다.

국수 좋아해유?

국수요?

잉, 감자는유?

할머니가 내려놓은 은쟁반에는 하얀 국수 두 그릇과 김치 한 접시, 그리고 소쿠리에 담긴 찐 감자가 있었다. 빈 접시인 줄 알았던 하얀 접시 두 개에 담긴 것은 소금과 설탕이었다.

이거 먹고 가유.

할머니는 마대를 손에 쥐고 옥수수밭으로 향했다. 적당히 식은 감자 한 알을 손에 쥐고 종수는 노인의 옆으로 걸어갔다. 종수는 노인을 뚫어져라 바라보았다. 노인의 얼굴이 어제 만난 그와 겹쳐졌다. 그냥 조금 닮은 거였나. 사람은 어느 정도 비슷하게 생긴 구석이 있구나. 종수는 시선을 돌려 수심이 깊은 저수지를 바라보았다.

여기 왜 이러고 있긴. 종일 바람이 부니까 그러지.

노인이 종수에게 건네받은 감자 한 알을 베어 물며 말했다.

종수는 방에서 나온 해원과 국수를 먹었다. 완전히 불어 있었지만 맛이 좋았다. 국수를 먹은 뒤엔 감자를 먹었는데 종수는 설탕에 찍어 먹었고 해원은 소금에 찍어 먹었다.

결과는 아쉽지만 진짜 아들을 만난 것처럼 너무 반가웠고 좋았다고, 희망을 잃지 말자는 메시지가 왔다. 하지만 종수는 희망을 조금 잃었다.

[아쉽지만 너무 아쉬워하지 말고 잘 살아요. 지금껏 살아온 것처럼 꼭 잘 살아요.]

종수는 그에게서 연달아 온 메시지를 뚫어져라 바라보았다.

근데 이 동네 좋긴 좋다. 그치?

그러게. 이따 돌아갈 땐 내가 운전할게.

그래도 되겠어?

그래도 되겠어.

부드러운 바람결이 은사시나무 숲을 흔들고 지나갔다. 여름 잎들이 반짝이며 종수의 얼굴을 흔들었다. 해원은 몇 번이고 손을 뻗어 종수의 머리칼을 정돈해주었다.

변함없는 풍경

1

언젠가 우리는 다시 만날 약속을 정하면서, 약속 장소가 어디든 각자의 집에서 약속 장소까지 걸어오면 어떨지 이야기한 적이 있었다. 걷는 동안 분명 어떤 일이든지 생길 것만 같은 예감이 들었는데 그게 좋았다. 그것은 어쩌면 사는 일과 다를 바 없지 않을까, 라는 내 말에 우경은 근데 그걸 그렇게까지 생각한다고? 라고 말했다. 20킬로미터쯤 걸어서는 아무런 일도 일어나지 않을걸. 그가 덧붙였고 나는 그런 이유로 걸은 적은 없었기 때문에 1킬로미터든 2킬로미터든 재밌을 것 같다고 생각했다. 그냥 조금 힘들 뿐일걸. 우경이 말했고 나는 그게 핵심이 아니라고 생각하면서도 그런가 싶기도 해서 그냥 고개를 끄덕였다. 휴대전화 앱을 통해 9.2킬로미터를 걸었다는 걸 알 수 있었다. 더 걷고 싶지 않아? 내가 말하자 이만큼 더 걷는다면 다음 날엔 아마 종일 쉬어야 할 거라고 그가 말했다.

지나온 긴 길을 따라 마른 낙엽이 지고 있었고 대화는 금세 다른 쪽으로 흘러갔다. 고장 난 자동차 부품과 저녁 메뉴에 대한 얘기를 짧게 했고 얼마 전 예능프로그램에 나온 연예인이 구사하던 축지법에 대한 얘기가 길게 오갔다. 요리하는 거 봤지? 응, 그 만능 접시도 탐나더라. 우리는 그 연예인의 갖가지 매력을 각자 얼마나 크게 느꼈는지에 대해 얘기했고 일기예보에 따라 비가 내리기 시작했다. 우산이 없었던 우경은 마을버스를 타고 사라졌다. 우리의 관계가 아닌 주제들로 그렇게까지 길게 대화해본 건 그날이 처음이었는데 좀 삐거덕거리는 기분이었다.

뉴스에서, 거리에서, 많은 사람이 봄이 오고 있다고 말했다. 엄마, 완전 봄이야. 별일 없지? 창밖으로 흰색 야구 모자를 쓴 사람이 통화하며 지나가는 걸 보면서 맹물을 마셨다. 맹물이라는 표현이 너무 좋지 않으냐면서 맹물, 맹물, 하면서 물을 마시던 우경을 생각했다. 맹물 한 그릇 떠 온 나. 하루에도 몇 번씩 내게 물을 떠 오라고 하던 나의 할머니 이후로 맹물이라는 단어를 실제로 쓰는 사람은 처음이었다. 처음엔 조금 웃고 말았는데 정신을 차려보니 물을 마실 때마다 그를 생각하고 있었다.

[오랜만이지? 그냥 해봤어. 신경 쓰지 마.]

해옥 선배로부터 부재중전화와 메시지가 와 있었다. 잘못 보낸 걸까? 십수 년 전, 같이 수업을 들은 적이 있다는 것 말고는 친분이 없는 사이여서 좀 의아해 몇 번을 다시 확인했다. 물론 몇 번쯤 여럿이 모인 자리에서 함께 점심을 먹거나 술을 마신 적은 있었지만 나는 신입생인 데다 그런 자리에 대해 특별히 어떤 생각이 있었던 것이 아니라

말 그대로 밥이나 술만 마시다 집으로 돌아오곤 했다. 해옥 선배에 대해서라면 다른 사람들을 통해 들은 이야기만 있을 뿐이었고 그건 아마 해옥 선배도 마찬가지였을 것이다. 타인을 통해 들은 이야기란 게 거의 그렇듯 유쾌한 이야기는 아니었고 나는 보통 그런 얘기의 대부분을 흘려보냈으며 진위와는 상관없이 믿고 싶을 때만 믿었다. 그마저도 한 학기만 다녔던 터라 이제는 내가 학교를 다녔었나 싶을 정도로 희미해진 시절이었다. "오랜만이지?" 앞에 내 이름이라도 붙여줬다면 내게 보낸 것이 확실하므로 어색하지만 안부 정도는 주고받을 수 있었을 것이다. 나는 잘못 보내신 게 아닌지 묻기도 그렇고, 그냥 그렇죠 뭐, 하기도 좀 그래서 답신을 그만두기로 했다.

일단 투표나 하고 와서 어제부터 하던 대청소를 마저 하기로 했다. 마저 한다기보다는 끝내고자 결심을 해보지만 불가능하리란 건 알았다. 별생각 없이 안감이 기모인 후드 티에 겉옷까지 입고 나와 투표를 했다. 따뜻한 봄. 그런, 봄 날씨였다. 봄은 아주 짧을 것이고 집 근처 초등학교에는 가지치기를 한 나뭇가지 사이에 고급스러운 축구공이 걸려 있었다. 달걀과 쌀을 파는 작은 상점 앞에는 자신의 머리보다 훨씬 큰 모자를 쓴 노인이 앉아 있었는데 그의 발 주변으로는 새똥이 가득했다.

넌 좋은…… 만나서

사랑도 하고

그렇게 마음먹은 대로 살아!

책장에서 15년 전에 받은 쪽지를 발견했다. 15년 전이라니 그때 난 대체 몇 살이었던 것이며 이게 또 날짜는 쓰여 있는데 누가 써 준 건지는 알 수 없었다. 대체 좋은 무엇을 만나라는 것이었을까? 한자인 데다(난 한자를 잘 모른다) 흘려 쓰여 있어서 알아보기가 어려웠다. 짧다면 짧은 글인데 좋은……를 만나는 것도 사랑을 하는 것도 마음먹은 대로 사는 것도 모두 쉽지 않구나 싶은 것이 새삼스러우면서도 우경과 내가 같은 마음이 아닐 뿐이지 나 혼자서는 쪽지에 쓰인 문구대로 모두 잘하며 살고 있는 것이라고도 볼 수 있겠다. 쪽지 하단에는 구름에 가린 해가 그려져 있었다. 다르게도 생각을 좀 해봐. 날짜를 엉망으로 써둔 것일 수도 있잖아.

쪽지 한 장을 발견한 게 다인데 책장 정리를 멈추었다. 아름다운 섬과 인간의 욕심에 대해서, 반복되는 실수에 대해서, 수리부엉이와 범고래에 대해서, 끊어버린 술에 대해서, 어리석음에 대해서, 수많은 색과 마음에 대해서, 아주 작은 바이러스에 대해서, 물감과 기분에 대해서, 거짓말에 대해서, 월요일에 대해서, 중국과 프랑스에 대해서, 이방인에 대해서, 이방인의 노트에 대해서, 신선한 생선에 대해서, 밤과 낮에 대해서, 집에 대해서, 주름에 대해서, 테니스에 대해서, 연극에 대해서, 어린이와 채소, 수면과 아부에 대해서 사람들은 책을 썼다. 수리부엉이와 범고래…… 나는 상권은 없고 하권만 남은 책을 가장 최근에 산 시집 옆에 꽂아두었고 같은 제목의 단편소설과 두 시간 정도로 요약해놓은 드라마 시리즈를 연달아 보았다. 드라마를 보면서는 두 번 눈물을 흘렸다. 소설책은 35년 전에 출간되었고 드라마는 9년 전에 방영되었으며 나는 37년 전에 태어났다. 초등학교 때 좋아했던 찬송가를 부르며 설거지를 마쳤을 때 똑똑똑 누군가 단정하게 문을 두드렸다.

나는 미주를 식탁으로 안내했다. 미주는 조금 넋이 나간 얼굴이었다. 특별히 무슨 일이 있는 건 아니라고 했다.

지치지 않았던 날이 까마득한데 번아웃 같은 걸까?

번아웃?

응, 홍차 줄래?

줄게. 밥은?

조금만 먹었어. 투표했어?

응, 넌?

하고 이리로 오는 길이야.

미주가 홍차가 담긴 잔을 두 손으로 감싸면서 따뜻하다

고 하기에 추운지 물었더니 그렇다고 했다. 나는 미주에게 작은 담요를 가져다주었다. 지는 해의 빛이 방 안으로 쏟아져 들어왔고 미주는 잠깐 두 눈을 감았다가 떴다. 미주는 텔레비전을 켜면서 자길 신경 쓰지 말고 하던 일을 마저 하라고 했다. 나는 식빵 한 쪽을 구웠고 설탕과 레몬즙을 섞어 식빵 위에 뿌린 다음 둥근 접시에 담아 미주 앞에 놓았다.

와, 잘 먹을게.

차 더 줄까?

응, 갔다 와서 뭐 하고 있었어?

대청소를 조금 하고 있었어.

대청소를 조금 한다?

응.

대청소를 조금?

소청소를 하고 있었어.

너무 재미없어서 좋다.

하나 마나 한 얘길 하면서 웃었고 홈쇼핑채널에서는 토

마토를 팔고 있었다. 나는 홍차를 더 내주고 냉장고에서 버릴 것들을 꺼냈다. 몇 년간 묵은 여러 종류의 가루였다. 버리려고 보니 그걸 준 사람들이 떠올랐다. 무심코 어디가 좀 아프다고 했을 때 거기에 좋다면서 주변에서 가져다준 것들이었다. 다들 어떻게 지내고 있는지 궁금해하면서 오래되어 뭉친 가루들을 버렸다. 봉투를 묶고 있을 때 미주가 부산 대저동에서 생산한 토마토를 샀다고 말했다. 여기서 부산까지 걸어서 가려면 얼마나 걸릴까 싶어 검색을 해보았더니 직선거리 50킬로미터 이내만 정보를 제공한다는 문구가 떴다.

요즘에 무슨 생각 많이 해?

앞으로 어떤 일을 해서 돈을 벌 수 있을까.

어떻게 살 것인가, 하는 거야?

해가 완전히 진 뒤엔 김치전과 부추전을 태극 문양처럼 부쳐 막걸리를 여섯 병이나 먹었고 미주는 반쯤 누워 선거 방송을 보다가 당선자가 확실시될 무렵 집으로 돌아갔다.

2

그 후로 나는 일상 속에서 자주 해옥 선배를 떠올렸다. 세수를 하거나 걸레를 빨다가 문득, 읽던 책을 덮은 후나 자려고 눈을 감았을 때, 그리고 그냥 멍하니 있던 많은 순간, 해옥 선배 생각이 났다. 그러니까 그 말이 진심인지, 내가 정말 신경 쓰지 않아도 되는 건지 궁금했다. 아무 이유 없이 10여 년 만에 연락했을 리는 없을 것 같았다. "그냥 해봤어. 신경 쓰지 마." 나는 어느 새벽 골목길에서 구토를 하다가 선배가 누군가와 함께 있는 모습을 봤을 뿐이었다. 말하고 싶으면 해. 나는 그 장면을 다른 사람들에게 말하는 대신 오래도록 기억했다.

우경이 정읍역에서 내렸다는 연락을 해왔다. 내일 쉬는 날이지? 하면서 시간이 되면 볼 수 있는지 묻기에 된다고 대답했다. 그는 나의 휴무일을 잘 알고 있었고 보통은 약속이 없다는 것도 잘 알고 있다. 그간 연락을 주고받지 않아 내가 폐업한 것을 모른 채 휴무일에 맞춰 연락을 해온 것 같다. 그는 오늘 밤늦게 일을 마치면 그곳에서 잔 다음 아침에 이쪽으로 출발하겠다고 덧붙였다. 나는 수고하라고 답장을 보냈다. 최근 구입한 소설책에는 네 편의 소설이 담겨 있었는데 나는 '작가의 말'을 먼저 읽은 다음에 미발표작부터 읽을 예정이었다. 그 전엔 미주가 두고 간 토마토를 먹을 예정이었다. 과연 토마토는 단단하고 짭짤했다. 맛있는 것을 먹어 기분이 좋았으나 불현듯 이명이 나타나 얼마간 고생했다. 한참 후에 괜찮아졌다고 느껴서 밀린 일들을 빠르게 처리한 뒤에 예정대로 책을 읽었다. "이 나라에서는 개와 고양이를 신성시합니다." 그런 문장이 나왔고 나는 우연 같은 걸 두려워했으므로 그런 건 어디에도 없다고 생각하면서 세탁하지 않은 봄 외투를 꺼내 입고 밖으로 나왔다. 없다고 생각하면 두렵지도 말아야지? 앞으로는 앞뒤가 맞는 말을 하도록 하자.

우체국에 가려면 1시간 20분가량을 걸어야 한다. 나는 보내야 할 편지를 주머니에 찔러 넣고 걷기 시작했다. 환자복을 입은 사람이 외투도 없이 혼자 걷고 있었다. 그 사람은 코인세탁소 안을 골똘히 들여다보았다. 길을 지나던 몇 사람이 멈춰서 그 사람을 보다가 주위를 두리번거렸고 그중 한 사람이 그에게 다가가 어깨를 두드렸다. 사람들은 단순한 외출 같지가 않다며 뭔가 이상하다고 수군댔다. 병원에 있어야 할 사람이 왜 여기 있어요? 왠지 무섭네요. 나는 그들을 지나쳐 우체국에 당도했다. 1시간 40분이 걸렸다. 우체국엔 미주가 지친 얼굴을 하고 앉아 있었다. 이번이 마지막이야. 앞으로 편지 같은 건 그 누구에게도 쓰지 마. 절대로. 미주가 말했고 나는 고개를 끄덕였다.

우체국 앞에서 검은색 카드 지갑을 줍게 되는 일이 발생했다. 주인이 찾으러 올 것 같아 그냥 두고 가려다가 파출소로 가기로 했다. 도자기박물관에 갈 예정이었는데 마침 가는 길에 파출소가 있었기 때문이다. 괜한 오해를 받기 싫어 주운 그대로, 주머니에 넣지 않고 그대로 들고 갔다.

지난달에도 같은 일이 있었어.

그랬어?

응, 작년에도 한…… 세 번쯤?

나로서는 살면서 한 번도 겪어보지 않은 일이었다. 떨어진 지갑이란 게 미주 앞에만 있는 것도 아닐 텐데. 아무튼 항시 지쳐 있더라도 주운 지갑은 파출소까지 가져다줘야겠지. 미주가 말했을 때, 그럴 의도가 아니었어! 믿어줘! 빨간 가방을 메고 우리 옆을 지나던 한 아이가 같이 걷던 아이에게 반복해서 말했다.

파출소의 문은 굳게 닫혀 있었다. 미주는 당황하지 않고 출입문 옆에 설치된 전화기를 들었다. 그러자 곧 경찰과 연결되었는지 네, 네, 하고는 수화기를 내려놓았다. 근방을 순찰 중인데 곧 오겠대. 나는 파출소 안을 들여다보았다. 벽이며 캐비닛이며 책상이며 모든 것이 1980년대 풍경처럼 보였다. 1990년대 같지? 미주가 물었고 나는 고개를 끄덕였다. 경찰을 기다리며 나는 제자리걸음을 했고 경찰은 10분 후에 왔다. 어디서 언제 주웠는지 간단하게 몇 마디를 주고받은 뒤에 지갑을 건네고는 도자기박물관을 향해

걸었다.

가는 중간에 몇 그루의 나무가 누워 있는 것을 보았고 가죽이 다 벗겨진 의자들을 보았다. 의자들은 사람처럼 앉아 있었다. 소 냄새다! 축사 옆을 지날 때도 우리는 쉬지 않고 이런저런 얘기를 했다. 할머니 이론이라고 들어봤어? 할머니 이론? 응, 난 할머니 얼굴도 모르지만 들어볼래? 넌 할머니 얼굴도 모르고 난 할머니를 세상에서 가장 사랑하고. 그러니까 그게 어떤 거냐면…… 말하던 미주가 사레들리는 바람에 꽤 오래 기침했다. 우리는 노화의 증거로 사레들리는 일이 너무 잦아졌다는 것에 동의했다. 음식을 잘못 삼켰다기보다는 침을 잘못 삼키게 된 것이다.

할머니 얼굴은 모르지만 꿈에 나와서 로또 번호를 좀 알려주셨으면.

맨날 그 소리. 얼굴도 모르면서 너무 많은 것을 바라는 것 아냐?

할머니가 좀 어려우면 할아버지라도.

나라면 괘씸해서라도 안 들어줄 거다.

내가 모르고 싶어서 모르는 게 아니잖아?

　박물관엔 아무도 없었다. 심지어 매표소에도 사람이 없어 안으로 들어가 혹시 여기 누구 없나요? 외쳐 불러야 했다. 표를 끊고 2층으로 올라갔더니 거기 앉아 신발 끈을 고쳐 묶고 있던 박물관장은 우리를 환대하며 우리가 무슨 관계인지를 물었다. 오래된 친구 사이라고 대답했고 그는 오래라면 얼마나 오래? 물은 뒤에 자신이 살아온 삶에 대해 이야기하기 시작했다. 미주와 나는 옛날이야기 듣는 것을 좋아했으므로 다리가 아픈 줄도 모르고 서서 한 시간 넘게 박물관장의 이야길 들었다. 일을 하고 한 시간을 걸어와서 또 한 시간을 서 있었으나 한국전쟁을 직접 겪은 박물관장의 생애를 듣고 있자니 뜻깊다는 생각이 들었다. 미주의 할머니도 전쟁을 겪었으나 전쟁이 난 줄도 몰랐다는 얘길 듣기도 했다. 아무튼 이야기가 끝나자마자 미주와 나는 화장실로 달려갔다. 화장실에서 나왔을 땐 비상구 불빛을 제외한 모든 조명이 꺼져 있었다. 미주와 나는 비상구 불빛을 따라 1층으로 내려왔다. 주차된 캠핑카 앞에서 미주는 담배를 피웠다. "이 길의 반대편은 철새 도래지이며 이 길 근방은 개인 사유지입니다"라고 쓰인 팻말이 곳곳에 세워져 있었다.

3

우경은 통유리로 된 카페에 앉아 작년에 있었던 일곱 가지 사건과 그로 인해 받은 영향에 대해 쓰고 있었다. 오래전부터 쓰고 있는 두꺼운 가죽 노트가 눈에 들어왔다. 진동 벨이 울렸고 나는 주문한 음료를 받아 왔다. 우경은 내게 백 선생님의 기사를 보여주었다. 요즘에는 환경에 집중하시나 봐. 웃기지 않아? 우경이 비웃음을 내비치며 말했고 나는 고개를 끄덕이면서도 알 수 없는 기분에 사로잡혔다. 좀 웃기긴 하지만 나쁜 사람은 아니야. 내가 말했고 우경은 듣는 둥 마는 둥 남은 커피를 마시고 잔을 내려놓았다. 잔에 담긴 얼음들이 시차를 두고 내려앉으며 달그락 소리를 냈다. 2천 원을 내면 1회 리필이 가능한 카페였고 우경은 잔을 들고 카운터로 향했다. 만약 내가 여덟 살이었다면 이런 순간에 어떤 말을 했을까. 선생님, 구관조와 앵무새가 어떻게 다른지 아세요? 거의 모든 것이 반복될 뿐이라면.

우경이 작년에 겪었던 일은 내가 더 잘 알았다. 큰 사기를 당한 것을 제외하곤 잘 생각이 안 난다고 하기에 바로 떠오른 일 몇 가지를 말했더니 오오, 대단해! 하면서 좋아했다. 둘이 힘을 합쳐 여섯 개까지 생각해낸 뒤로는 더 생각해내지 못했다. 지난달에 있었던 일을 작년에 있었던 일로 쓸지, 영향받지 않은 일을 영향받았다고 쓸지 생각하는 데 많은 시간을 썼다. 우리는 걸으면서 좀 더 생각하기로 했고 밖으로 나왔다. 근처에 높지 않은 산이 있었고 나는 길을 따라 걸으며 작년에 내게 일어난 일들을 곱씹어보았다. 다행히 목숨을 건진 일 말고 다른 일은 없었다. 크레인과 시내버스, 승합차와 택시가 세워진 주차장 근처를 지나면서 우경은 담배를 피웠다. 담배를 피우면서는 들고나온 일회용 테이크아웃 잔을 버릴까 말까 고민했고 버리지 않기로 했다.

근처 밭에서 두 사람이 밭 가운데 놓인 물탱크에 기대어 쉬고 있었고 우리는 두 사람을 지나쳐 등산로 입구로 진입했다. 새순이 돋기 시작한 나무들과 나무들. 아주 짧을 봄. 나는 한복처럼 폭이 넓은 긴치마를 입고 있었고 땀이 조금 나기 시작하기에 목에 두른 머플러를 풀었다. 정상에선 강한 바람이 불어와 나는 머플러를 다시 둘렀다. 큰일 났네. 아무 생각 없이 걷기만 했어. 정상에 올라섰을 때 우경이 말했다. 나는 산신령님⋯⋯ 제 소원은⋯⋯ 하면서 속으로 소원을 빌었다. 울지 마. 넌 언제든 그 아이를 만날 수 있고 그 아이는 어딘가에서 사랑을 받으며 살아갈 거야.

평생을 낚시만 하고 살았다던 한 남자가 기대고 있던 물탱크를 짚으며 일어나 우리 쪽으로 다가왔다. 난 여기 안 삽니다. 형을 좀 도우러 온 거죠. 남자는 그렇게 말하면서 건너편을 가리켰다. 철새들이 물 위에 떠 있거나 물 위를 날고 있었다. 남자가 우리에게 막걸리가 든 종이컵을 건넸다. 돗자리는커녕 신문지도 깔려 있지 않은 채였고 무엇이 심겨 있는지 아무튼 밭 위에, 말하자면 흙 위에는 익을 대로 익어버린 순무김치와 속이 노란 호박고구마가 담긴 플라스틱 반찬 통이 두 개. 하루에 한마디를 할까 말까 한다는 남자의 형은 술을 마시지 않는다며 물탱크에 계속 기댄 채로 담배를 피웠고 우경은 자리를 잡고 앉아 나무젓가락 포장을 벗겨냈다.

저 강에서 주로 잡히는 것은, 하고 남자가 이야기를 시작했을 때 차량이 줄지어 들어서기 시작했다. 요 옆에 야구장이 있잖아요. 알 만한 사람들이 1년 내 맡아두고 쓰죠. 남자가 말했고 나는 문득 초등학교 앞 나무에 걸려 있던 축구공을 떠올렸다. 누군가 공을 내려줬겠지. 그게 여태 걸려 있겠어요? 남자는 너무 걱정하지 말라면서 이렇게 덧붙였다. 나 역시 좋아하는 것은 낚시와 펭귄뿐입니다. '펭수'를 뜻하는 거냐고 우경이 물었고 남자는 고개를 끄덕였다. 우경은 목젖이 보이도록 웃었다. 기분이 몹시 좋아 보였다.

다음엔 어디서 만날까?

글쎄, 너희 집은 어때?

우경은 대답이 없었다. 싫은 게 아니라 안 되는 거야. 마음과는 상관없이, 아예 되지를 않는 거야. 여기서 우경의 집까지 걸어서 가는 것은 불가능하다. 축지법으로 가더라도 불가능에 가깝다. 언젠가부터 우리는 남자의 형처럼 서로에게 입을 꾹 다물어버렸다. 그러니까 내게 가장 중요한 것은 그때도 지금도 내가 우경을 완전히 믿지 않는 거라고 할 수 있겠다. 우경이 여태 들고 다닌 일회용 잔에 담긴 얼음은 진즉에 녹아 물이 되어 있었다. 작년의 우경에겐 정말 여섯 가지 일만 있었나?

똑똑똑.

미주의 집 앞으로 가 문을 두드렸다.

너희 집에 긴 막대 같은 거 있니?

물론.

지친 얼굴의 미주와 나는 부러진 빗자루를 들고 초등학교로 갔다. 일가족으로 보이는 네 사람이 철봉에 매달려 있었고 축구공은 아직 새순이 돋지 않은 앙상한 나뭇가지 사이에 그대로 걸려 있었다. 높이는 충분했다. 툭. 떨어진 축구공이 철봉 쪽으로 굴러갔다. 한 아이가 철봉에서 내려와 축구공과 우리를 번갈아 바라보았다.

우리 것이 아니야.

나는 고개를 가로저으며 말했다. 철봉에서 내려온 아이는 내 말을 단박에 믿었는지 의심 없이 축구공을 몰며 운동장 한가운데를 향해 뛰기 시작했고 미주와 나는 나머지 세 사람이 아이를 따라 뛰어가는 것을 바라보았다.

외투

이모의 병실로 들어선다. 이모는 창을 향해 비스듬히 누운 채로 잠들어 있다. 나는 침대 쪽으로 다가가 가지런히 정리된 물건들과 이모의 얼굴을 살핀다. 눈을 감고 있으면 이모는 나와 닮은 얼굴이 된다. 나는 젖은 외투를 벗어놓고 이모 옆에 앉는다. 적막하다. 이 적막함은 누구의 것일까. 아주 오래전부터 벽에 스며 있었거나 우리의 것이거나 하는. 아무도 움직이지 않지만 먼지들은 공기 중을 떠돈다. 나는 그것들을 바라본다. 그것들은 너무 많다.

나는 이모가 미술 프로그램에 참여하고 돌아올 때까지 잠시 산책을 하려고 한다. 조금 전 눈이 그치고 해가 나는 듯하다. 젖은 외투를 입고 나간다면 어느 정도 햇볕에 마를 것 같다.

　이 요양원은 지리적으로 외진 곳이라 버스가 서지 않는다. 두 대의 버스가 지나가지만 지나가기만 할 뿐 서질 않아서 날씨가 나쁜 날엔 괜히 언짢은 기분이 든 적도 있다. 아무튼 이곳에 오려면 가장 가까운 버스 정류장에서 내려 40분을 걷거나 택시를 타면 된다. 40분은 짧지 않은 시간이지만 이상하게도 이곳을 향해 걷는 40분은 아무렇지 않다. 이젠 그 흔적을 찾을 수 없지만 이곳은 예전에 종합병원이었던 곳으로 중앙엔 둘레가 한 아름은 넘을 것 같은 커다란 나무를 동그랗게 둘러싼 벤치가 있다. 주변엔 폐쇄된 주유소와 공장들이 있고 손님이 얼마나 드는지는 모르겠으나 여전히 운영 중인 돈가스와 냉면과 우동을 파는 식당이 있고, 대략 한 정거장쯤을 더 가면 숯불갈비나 곰탕을 파는 식당과 5층짜리 모텔이 있다. 나는 이곳에 들르는 날이면 우동을 한 그릇 사 먹고 그 5층짜리 모텔에서 자곤 한다.

한 달에 한 번 이렇게 내가 이모에게 올 때 어머니와 삼촌들은 잠깐 볼링을 치러 간다. 오늘은 깜빡하고 어머니가 챙겨 준 반찬들을 놓고 빈손으로 왔다. 다행인지 지난달엔 이모가 좋아하는 음식을 만들어 왔는데 맛없다고 말했었다. 그래도 챙겨 왔어야 했는데 아무튼 이렇게 됐다. 이모가 혼자이기 때문에 어머니와 삼촌들은 매주 모여 이모에 대한 의견을 나눈다. 주변은 휑하지만 시설도 가장 좋고 가격도 가장 비쌌던 이곳에서, 조만간 어머니의 집에서 가까운 곳으로 옮길 것 같은데 잘 모르겠다. 내가 아는 것은 많지 않다.

요양원으로 들어서는 어귀에서 열 살쯤 되어 보이는 남자아이 두 명이 두꺼운 점퍼에 볼백을 메고 걷는 것을 본다. 여기도 아이들이 있네. 검은색 망으로 된 가방 안엔 각각 하나의 축구공이 들어 있다. 공만 넣는 가방도 있구나. 나는 내리쬐는 겨울 볕을 잠시 받아들인다. 유난히 변덕스러웠던 여름 날씨처럼 이번 겨울도 그렇다. 까맣게 잊고 살다가도 여기만 오면 어제 일들이 아니라 예전 일들이 떠오른다. 받아들인 일들 말고 받아들일 수 없던 일들. 나는 이 우울한 기분을 조금 즐긴다.

이모는 6년 전에 처음 쓰러졌다. 나는 그즈음 5층짜리 건물 지하에 있는 실용음악학원에서 접수를 받고 수강료를 결제하고 레슨 스케줄을 관리하고 있었다. 크지도 작지도 않은 규모였고 업무 시간은 오후 2시부터 10시까지였다. 일이 바쁘지 않아 틈틈이 책을 읽어도 된다는 설명을 들었지만 종일 연습하고 연습하고 또 연습하는 수강생들 사이에서 음악과는 전혀 상관없는 책을 펴놓고 읽기는 좀 그래서 얼마 못 가 책을 읽는 것을 그만두었다. 대신 음악을 좀 듣기 시작했는데 연습 중간에 물을 마시러 나왔다 들어가는 학생들이 자신들이 듣는 음악들을 추천해주곤 했다. 강사들을 제외한 직원은 원장을 포함해 나까지 네 명이었고 일을 시작하고 6개월쯤 되었을 때 실장이 이런 얘길 했다. 학원 재정 때문에 이제 저녁을 여기서 해 먹어야 할 것 같아요. 재정 때문이구나. 나는 알겠다고 했다. 반찬은 사 먹을 것이라 밥만 하면 되고 설거지는 자신이 한다고 했지만 나는 그 모든 것을 내가 하게 되리라는 걸 알았다.

내가 가장 한가했으므로 거기까지는 괜찮았는데 밥 지을 쌀을 화장실 세면대에서 씻게 되었다. 설거지도 물론이었다. 담배 냄새가 가득했던 그곳의 화장실은 지하여서 환기가 되지 않았고 남녀 공용이었다. 나는 거기에 밥그릇이나 쌀을 씻으러 들어갔다가 가까이 지내는 남학생들이 소변보는 뒷모습을 보게 되었다. 처음에는 서로 놀라거나 자리를 비켜주었으나 나중에는 걔는 싸고 나는 쌀을 씻으면서 간단한 대화까지 나누게 되었다. 무심코 설거지를 시작했다가 화장실 양변기 칸 안에 있었을 누군가를 불편하게 하는 일도 반복되었다. 그런 식으로 반년이 지나 이번 달까지만 일을 하겠다고 말했을 때, 실장은 컴퓨터 모니터에서 시선을 떼지 않은 채 내게 그러세요, 라고 말했다. 나는 기분이 조금 상한 채 자리로 돌아왔고 잠시 후에 어머니로부터 이모가 쓰러졌다는 전화를 받았다. 퇴근을 30분 남긴

시각이었다. 나는 다시 실장에게 가서 실장님, 이모가 쓰러지셔서요, 30분만 일찍 퇴근해도 될까요, 가족이 없으시거든요, 라고 말했고 실장은 여전히 모니터에 시선을 고정한 채 그러세요, 라고 말했다. 나도 잘한 건 없었다는 생각이 들지만 서로 왜 그렇게밖에 하지 못했을까 싶어 이따금씩 그곳에서의 마지막을 떠올린다. 그 화장실 냄새는 아직 이토록 생생하고, 나는 얼마 전 축하할 일이 있었다던 실장에게 연락을 해볼까 하다가 휴대전화로 시간만 확인한다. 이쯤에서 돌아가야 한다.

돌아가는 길에는 외국인과 군인과 노인으로 가득 찬 버스를 타고 병원으로 가던 순간을 떠올린다. 검단사거리역 오류이발관 앞으로 버스가 다녀. 어머니가 알려주었고 나는 집으로 가서 옷을 갈아입고 지하철을 탄 다음 검단사거리역으로 갔다. 1번 출구로 나왔더니 눈에 익은 번호의 버스들이 보였다. 찬바람에 얼굴이 찢어질 것 같았고 쌓였던 눈들이 흩날렸다. 1번 출구와 이어진 광장에는 어림잡아 스무 명이 넘는 사람이 있었는데 대부분 담배를 피우고 있었다. 나는 20분 정도 기다려 버스를 탔다. 자리가 없어 서서 갔고 창밖엔 마르고 추운 나무와 또 마르고 추운 나무들뿐이었다. 그 나무들은 반복해서 나타났다.

이모가 죽을지도 모른다는 소식에 친지들이 모여들었다. 막내 이모는 없는 이모부를 찾으며 정신 놓기를 반복했는데, 그 와중에 먼 친척 한 분이 이런 일은 어쩔 수 없다는 식으로 말했다. 그러면서 틈틈이 오랜만에 보는 나나 나와 비슷한 또래들에게 무슨 일을 하는지 묻거나 결혼을 언제 할 건지를 물었는데 제대로 대답을 한 사람은 없었다. 그렇게 전부 물은 다음에 그런데 넌 누구더라, 하며 마지막으로 이름을 묻기도 해서 참다못한 사촌 한 명과 싸움이 날 뻔하기도 했다. 나는 그날 그 사촌을 처음이자 마지막으로 보았다. 나는 돈 때문에 이모를 종종 부러워한 적이 있었지만 이모에 대해 다른 것은 아는 것이 없었다.

이모가 깨어난 오후의 풍경은 좀 흐릿했던 것 같다. 병원 벤치를 서성이며 오가던 친척들의 대화를 들으면서 조금 멀찍이 떨어져 있던 나의 모습 정도가 떠오른다. 나는 그런 순간에 집에도 가지 않으면서 늘 그런 식으로 행동하고, 실제로 명절 때마다 내가 그날 들은 대화가 꿈이었는지 현실이었는지 생각할 때가 있다. 요즘 나는 특목고 입시 전문 학원에서 학부모님들 혹은 선생님들의 화를 가장 먼저 받거나 수강생들을 상대로 레벨 테스트를 해주는 대가로 월급을 받고 산다.

받아들이기 어려운 일들에 대해서 이건 이랬던 것 같다, 그건 그랬던 것 같다, 라고 말하는 것이 내가 할 수 있는 최대치인 것 같다. 거기에 이르지 못하면 여전히 생각하기만을 반복한다. 강조 같은 것은 하고 싶지 않지만 이게 내가 할 수 있는 최대치다. 그렇지만 나는 원래 이랬나? 매번 틀리면서 또 무슨 답을 찾으려고? 하지만 내가 원래 그랬든 아니든 그런 것은 상관이 없다.

나는 이제 마지막으로 시간을 확인하고 이모에게 돌아가기 위해 볼백을 멘 아이들이 걸어간 길을 따라 걷기를 그만둔다. 오래전에 폐쇄되어 아무도 없는 검문소를 지나 시멘트로 된 벽, 철조망을 지난다. 돌아오는 동안엔 서지

않는 버스조차 곁을 지나지 않아 지나치게 적막하다. 최대
치라는 말은 중학교 수학 시간에 처음 들어본 것 같고 성
인이 된 후로는 이모로부터 자주 듣는다. 병실로 돌아와
반쯤 마른 외투를 벗어둔다. 곧 이모가 도착한다.

겨울 외투를 샀구나. 이모는 그렇게 말하면서 그대로 나
를 지나쳐 침대로 간다. 어느 날엔 한두 마디만 하고 어느
날엔 많이 말하는데, 오늘처럼 먼저 말을 거는 적은 거의
없고 얼마나 말할지는 내 쪽에서 말을 몇 번 걸어보면 알
수 있다.

이모, 미술 프로그램은 어땠어?

최대치로 대단했지.

무슨 일이 있었어?

무슨 일이야 늘 있지. 오늘은 그림을 그리다가 어떤 사
람이 울었어. 지난주에는 아무도 울지 않았거든. 근데 그
사람이 말이야. 혹시 선생님이 볼까 봐 그랬는지 갑자기
책을 읽는 척하더라. 책장에 있는 책들의 제목을 빠르게
훑어보고는, 슬픈 내용일 것 같은 소설책을 아무 데나 펼

그리워하던 사람과 우연히 마주친 적 있으신가요. 이주란 작가는『좋아 보여서 다행』에서 한때 애틋했던 이들이 오랜만에 조우하는 모습을 그립니다. 헤어진 연인에게서 반려견을 대신 돌봐달라는 연락을 받는「1년 후」, 존경심을 느낄 정도로 좋아했던 선배 언니를 만나러 가는「우리 소미」, 비행기 안에서 옛 선생님의 뒷자리에 앉게 되는「그날 본 연극에 대해」등 인생의 한 시절을 열고 닫았던 이와 재회하고 돌아오는 길에 느낀 소회를 섬세하게 묘사하지요. 열세 편의 짧은 소설에는 극적인 해후를 통해 남아 있던 앙금이 해소되며 한결 홀가분해지고 성숙해지는 인물의 모습 또한 담겨 있습니다.

"여기만 오면 어제 일들이 아니라 예전 일들이 떠오른다. 받아들인 일들 말고 받아들일 수 없던 일들. 나는 이 우울한 기분을 조금 즐긴다." 아릿한 시절을 홀홀 털고 일어나 다음을 향해 나아가는 이야기는 그 자체로 뭉근한 위안을 줍니다.『좋아 보여서 다행』이 독자님에게도 반갑고 따스한 안부로 전해지기를 바랍니다.

마음산책 드림

치고 말이야. 그 작가는 스물하나에 책을 썼대. 대단하지?
아니 아니, 그 작가 말고 그 책을 꺼낸 사람 말이야.

　창밖에 시선을 둔 채 이야기를 들려주던 이모가 몸을 돌
려 나를 본다. 나는 대단하다고 말한다.

내가 아는 것

1

오이도에 왔다. 오이도에 온 것은 처음이다. 세경이 잠시 담배를 피우고 오겠다고 해서 기다리는 중이다. 이런 기분일 땐 아무도 만나지 않는 것이 좋다는 걸 알고 있지만 일이 이렇게 되었다. 오지 말았어야 했나 싶은데 우연한 이나들이가 뜻하지 않게 기분 전환이 될 수도 있고, 요즘의 기분을 좀 다뤄보려 노력한다면 괜찮을지도 모른다는 생각도 들었다. 세경의 이름은 오늘 처음 알았다. 그동안 나는 세경을 '히나'라는 닉네임으로만 알고 있었다.

2

밤새 잠을 설치고 필름포럼에 갔다. 거기서 한쪽 벽에 붙은 포스터와 안내문 같은 것을 보고 있는데 어떤 여자가 혹시 제리 님이 아니시냐고 말을 걸어왔다. 나조차도 너무 오랜만에 듣는 이름이어서 순간 당황했지만 맞다고 했더니 팬이었다는 대답이 돌아왔다. 머릿속에서 시간이 빠르게 돌아갔고 어렵지 않게 그녀를 떠올릴 수 있었다. 10년도 지난 어느 해 가을, 공연이 끝난 뒤 내게 스팸 세트를 선물했던 사람이었다. 스팸 세트를 받은 것은 처음이(자 마지막이)라 기억할 수 있었다. 참치와 스팸 중 고민을 하다가 스팸을 가져왔다는 말도 함께 떠올랐다. 그때 거기 있던 사람들 모두 크게 웃었던 것도. 아무튼 우리는 영화 즐겁게 관람하시라고 인사를 나눈 뒤 각자 다른 관으로 들어갔다. 선물을 받은 적도 있고 자주 공연에 와주었고 이렇게 알아봐주기까지 해서 고마운 마음이 들었지만 같은 관이었다면 괜히 어색했겠다 싶어 다행이란 생각이 들었다.

3

영화관 근처 중국집에서 울면을 먹은 뒤엔 삼청동에 갔다. 별 목적 없이 두 바퀴쯤 걷다가 국제갤러리 앞에 멈춰서 문에 비친 내 모습을 괜히 바라보고 있는데 그 문을 열고 그녀가 나왔다. 이번에 크게 놀란 것은 내 쪽이었다. 영화관에서는 약간 과장하며 나를 반가워하는 것으로 보였던 그녀는 이번엔 마치 약속을 하고 만난 것처럼 평온한 표정으로 내게 다가왔다.

제리 님, 혹시 시간 있으세요?

그녀가 대뜸 물어왔고 나는 둘러대지 못해 그렇다고 대답했다.

조개구이 먹으러 오이도 가실래요?

오, 오이도요?

네, 그렇게 멀지 않아요.

어느새 나는 오이도행 전철 안에서 히나 님의 본명이 세경이라는 것과 우리가 동갑이라는 사실을 알게 되었고, 이어 그녀가 오전에 본 영화 이야기를 듣고 있었다. 공교롭게도 나는 올봄에 강릉과 오이도 여행을 계획하고 있었는데 강릉이라면 당장 가지 못했겠지만 오이도라면 갈 수 있었던 것이다. 늘 이런 식으로 선택하곤 하니까 문제가 생겼던 거 아냐, 이 멍청아. 중간에 전철을 갈아타면서 속으로 그런 생각을 했지만 돌이키기가 쉽지 않았다. 되레 자연스러운 척을 하느라고 그때 스팸 세트를 선물했던 것을 기억하느냐며 너스레를 떨고 있었다.

오, 전 기억 안 나요.

세경이 말했고 나는 괜히 말했나 싶으면서도 참치가 나을지 스팸이 나올지 고민이 많았다는 당시 세경의 멘트까지 전해주었다.

정말 세심하시네요. 전혀 이런 이미지 아니었는데.

나는 그 시절을 세심하게 기억하고 있는 사람이 되어 있었다.

아니 뭐, 세심하기도 하고 아니기도 해요.

내가 말했지만 아마도 세경은 앞에 "세심하기도 하고"만 기억하고 뒤에 "아니기도 해요"라는 말은 기억하지 않을 것 같아 걱정스러웠다.

끼룩끼룩하면서 갈매기들이 나는 모습을 바라보고 있을 때 잠시 자리를 비웠던 세경이 돌아왔다.

아이고, 기다리게 해서 죄송해요.

아니에요. 풍경을 보느라 좋았어요.

에이, 거짓말.

진짜예요. 정말 좋았는데?

그러고 보니 제리 님은 담배를 끊었나요?

아, 네.

와, 정말 대단하시네요. 전혀 이런 이미지 아니었는데.

나는 대단한 사람이 되어 있었다. 갑자기 집에 가고 싶어졌지만 둘러댈 말이 떠오르지 않았다. 그때는 영원히 끊지 않을 것처럼 담배를 많이 피운 건 맞잖아. 그냥 그렇다는 말이니까 하나하나 정정할 필요 없어. 그리고 담배 끊은 건 대단한 거 아냐? 넌 모르겠지만 가끔은 대단하기도 하단다. 오래전 톰이라면 이렇게 말했을 것이다. 그리고 이렇게 덧붙였겠지. 섬세하다는 말을 어떻게 생각해? 넌 모르겠지만 가끔은 섬세하기도 하단다. 그러면 나는 아마도 그래? 정확히 어떤 면에서?라고 물으며 톰을 피곤하게 했을지 모른다. 내가 대단하다는 말이나 섬세하다는 말을 그럴 때 쓰지 않기 때문일까. 나는 지금은 멀어졌지만 듣고 싶으면 들을 수 있는 그의 목소리를 상상하며 세경과 오이도에 있었다.

제 이름은 재림이에요.

아, 알죠. 본명으로 불러도 되나요?

그럼요.

오, 왠지 가까워진 기분이에요.

아니 뭐, 이제 활동을 안 하니까요.

그때 같이 활동했던 톰 님은 지금 뭐 하세요?

글쎄요. 그건 잘……

아, 멀어지셨구나.

네, 근데 절 어떻게 알아보셨어요?

당연히 알죠.

당연히 어떻게……?

제가 기억력이 좋거든요.

세경은 날 조개구이 식당으로 안내했다. 당연하다는 말은 어떨 때 쓰는 걸까 생각하면서 2층으로 올라갔더니 서너 팀이 조개를 먹고 있었다. 우리는 창가에 자리를 잡고 앉아 조개구이를 주문했다. 바닷물이 빠져 있었으나 오랜만에 시야가 트이는 기분이었다. 이따가 다시 물이 들어올 거라고, 그땐 빨간 등대 쪽에 가서 맥주와 튀김을 먹자고 세경이 말했고 나는 지금도 너무 좋다고 대답했다.

너무 좋긴요. 또 오버하신다.

아니, 정말 너무 좋은데요?

에이.

나는 오버하는 사람이 되어 있었다. 아니, 나는 정말 너무 좋은데…… 정말 좋은 건 맞는 것 같고 너무, 라는 부사를 뺐어야 했나? 나는 너무(이번엔 뺄 수 없다) 피곤해져서 다시 집에 가고 싶어졌는데 하필 그때 직원이 연탄불을 가져왔다. 나는 묘하게 긴장이 된 상태였지만 동시에 연탄불에 구운 조개를 먹고 싶었다. 우리는 앞에 놓인 장갑을 끼고 불 위에 조개를 올려놓았고 조개들은 빠르게 입을 벌렸다. 나는 먼저 익은 조개 하나를 세경의 접시에 놓았다.

봐요. 섬세하시잖아요. 그땐 안 그랬는데.

음, 그때 대체 제가 어땠죠? 정확히 어땠다는 거예요?

그때 어땠는지가 중요하신가요?

중요하다는 게 아니라 그냥 어땠느냐고 묻는 거예요.

말도 잘 안 하시고, 치킨 먹을 땐 날개도 먼저 드시고.

아, 그리고 또요?

아니, 왜 화를 내세요.

화 안 냈어요. 그냥 어땠느냐고 묻는 거예요, 궁금해서.

너무 멋있었죠. 제가 주변에 진짜 많이 홍보하고 다녔어요.

정말요?

그럼요. 톰과 제리는 운 좋게 잘된 편이죠.

잘된 편인가요?

그 정도면 정말 잘됐죠. 그 장르가 여기선 잘 안 되는 게

당연하긴 했지만요.

　세경이 옅은 미소를 지었다. 당연하다거나 운이 좋다는 말이 뜻하는 범위가 정확히 어떤 건지 물으면 진짜 화난 사람이 될 것 같다는 걱정과 함께 세경과 내가 정말, 너무, 진짜, 라는 부사를 너무 많이 사용하고 있다는 걸 의식했고 순간 정신이 아득해졌다. 급격하게 집에 가고 싶었다. 나는 화장실에 다녀오겠다고 한 뒤 식당 밖으로 나와 물빠진 갯벌을 바라보았다. 한 사람이 더 있었다면 모를까, 사람을 혼자 두고 갈 순 없었다. 나는 곧 기분을 좀 다뤄보자는 마음을 먹고 식당으로 돌아가 커다란 접시 위에 쌓인 조개를 연탄불 위에 올렸다.

　세경은 맥주잔을 내려놓으며 다시 반가운 얼굴을 했다. 내게 맥주를 따라주고는 최근 서울로 이사를 앞두고 있다는 소식을 시작으로, 두 달 전부터 화상 영어 회화를 시작했는데 함께 대화를 나눠주는 사람들의 출신 중에서 난생처음 들어보는 국가들이 있어 수업 시작 전에 그 나라에 대한 정보를 대략적으로 알아보곤 한다는 이야길 들려주었다. 대화 주제가 따로 정해져 있지 않아서 그렇게 대화를 시작한다는 이야기였다. 내게도 마침 화상 영어 회화를 해보고 싶은 마음이 있었고, 이런저런 얘길 더 주고받았다. 덕분에 좋은 정보를 얻은 것 같은데 이상하게도 점점 지쳐가는 바람에 해가 서서히 저물 무렵엔 그녀가 말해준 국가 이름을 전부 잊어버리고 말았다.

4

근데 왜 그쪽 사람들이 당신을 안 부를까?

5

조개구이 식당을 나와 먹을 것을 사서 도착한 빨간 등대 앞에서 나는 세경에게 좋은 인상으로 남고 싶은 마음을 접었다. 그렇지만 오래전 나를 응원해줬던 마음의 진심까지 의심하거나 무시하고 싶지는 않았다. 저 멀리 지는 해와 사람들이 뒤섞인 풍경이 너무 아름다웠다.

갈매기 진짜 많죠?

네.

나는 네, 라고 한 다음에 미안하지만 돌아갈 시간이라고 말했다. 당연하다는 말과 운이 좋다는 말이 생각보다 아주 가까운 거리에 있었던 것처럼 그렇게 했다.

아니, 그럼 이건 다 어쩌고요.

세경이 내 손에 들린 튀김과 맥주를 가리키며 말했다. 나는 그것들을 세경의 손에 쥐여주었다.

더 있다 가세요. 미안하다면서요.

미안해요. 집이 좀 멀어서 지금 가볼게요.

인스타 아이디 뭐예요?

인스타를 안 해서 아이디가 없어요.

거짓말.

진짜예요.

인스타 안 하는 사람이 어딨어요.

진짜라니까요.

원래 맨날 밤새고 술 마셨잖아요. 더 놀다 가세요.

흠.

나는 짧게 웃고 돌아섰다. 앞에 미안하다는 말만 기억하고 뒤에 돌아갈 시간이란 말은 그새 잊은 건가. 아니면 처음부터 내 말을 아예 듣질 않은 건가. 초행이라 길도 잘 몰랐지만 지도 앱을 켜지 않고 걷기 시작했다. 그쪽이 아니에요! 진짜 그쪽이 아닌데? 뒤에서 세경의 목소리가 들려왔다. 이대로 다시 마주치지 않는다면 나는 이제 세경과 모르는 사이가 될 수 있는 걸까. 이제 제리가 아니라 튀김과 맥주까지 사놓고서 그녀를 혼자 두고 가버린, 아는 사람 재림으로 남으려나. 그런데 묘하게 불쾌하면서도 조금 웃기는 기분이 드는 건 왜일까. 한참을 생각 없이 걷다가 뒤늦게 지도 앱을 켜서 역이 위치한 방향을 확인했다. 꽤 많이 돌아가는 셈이 되었지만 늦지 않게 전철을 탈 수 있겠구나 싶었다.

이런 일이 다 있네. 낯선 밤바람을 맞으며 돌이켜보니 우리는 서로 본명을 부르기로 한 뒤 오히려 한 번도 서로의 이름을 부르지 않았던 것 같다.

6

그로부터 일주일 후에 상담사는 내게 그때로 돌아간다면 어떤 순간순간, 세경에게 어떻게 말했으면 좋았을 것 같은지를 물어왔다. 나는 지난 일주일 내내 재미있게 그것만을 생각했지만 그 순간들이 다 지난 후 멀어지는 것 말고는 다른 건 잘 모르겠다고 대답했다.

우리가 잃어버린 것들

우리 소미

창희 언니에게 연락이 온 것은 9년 만이었다. 세 번쯤 같은 번호로 연달아 전화가 올 때까지만 해도 잘못 걸려온 전화인 줄 알았는데 이어서 도착한 메시지를 보고 언니인 것을 알았다. 나는 언니의 연락이 너무 반가워서 바로 전화를 걸었다. 언니는 내게 너무 오랜만에 미안하다며 이번 주말에 시간이 되느냐고 물었다. 언니, 번호 바뀌었구나. 근데 무슨 일이 있는 거야? 아니, 일은 아니고 소미가 공연을 하는데 같이 가줬으면 해서. 그래? 어디서? 그게 좀 멀긴 한데…… 여행 겸 오지 않을래? 나는 친구들과 선약이 있었지만 다음 주로 미룰 수 있었고 언니와 함께 소미의 공연에 가기로 약속했다. 언니는 내가 정말 괜찮다는데도 통영까지 내려올 기차표며 올라갈 비행기표까지 끊어주었다.

언니, 근데 소미 올해 몇 살이지?

열한 살.

오래전 언니 집에 놀러 갔을 때 언니가 혼자 소미를 돌보느라 나 혼자 밥을 먹고 나왔던 것이 마지막이었다. 그후로 나는 몇 번 언니에게 또 놀러 가고 싶다고 말했지만 언니는 매번 응, 다음에 다음에, 했었고 그게 벌써 9년이나 지났던 것이다. 한동안은 내가 그날 무언가 잘못한 것이 있었는지를 곱씹어보기도 했지만 잘 모르겠어서 직접 물어보기도 했지만 그럴 리가 있느냐며 아무것도 아니라 하고는 또 연락이 되지 않아 혼자서 어려워했던 기억이 났다. 창희 언니는 내게 늘 존경의 대상이었고 의미 있는 사람이었으며 그래서 그렇게 멀어지는 것이 많이 아쉬웠었다. 나는 소미에게 줄 선물을 고심하며 며칠을 보냈다.

오랜만에 만난 창희 언니는 내 눈에 그대로였다. 언니 역시 내게 그대로라 말했지만 그럴 리가 없었다. 나는 9년 전에 비해 25킬로그램이나 살이 불어나 있었다. 운동은 하지 않고 먹고 싶은 것을 너무 많이 먹으면서 지냈어. 언니는 내게 왜냐고 묻지 않았고 다만 와줘서 고맙다고 말했다. 우리는 언니의 차를 타고 공연장으로 향했다.

소미는 주말마다 서울로 연기학원을 다니면서 지역 극단에서도 활동을 한다고 했다. 이번엔 주인공을 맡았는데 이 지역에서 가까워진 지인들을 초대하던 와중에 갑자기 내 생각이 났다는 것이다. 사람들이 많이 올 거긴 한데, 그냥 겸사겸사 너를 보고 싶기도 했거든. 언니의 말에 나는 그래도 최대한 많은 사람이 와줬으면 하는 거구나 생각하면서 우리가 대학 시절부터 목적 없이 자주 여행하던 사이였던 것이 떠올라 기분이 조금 들떠 있었다.

이번에 맡은 역할은 뭐야?

응, 요정이야.

그 말을 들은 나는 어릴 적에 〈왕자와 거지〉에서 거지

역할을 맡은 적이 있었던 것이 떠올라 소미의 요정 역할을 치켜세우며 웃었다.

나는 왕자 역할을 하고 싶었어. 거지인데 왕자의 삶을 살아보는 거지 말고.

왕자 좋지. 근데 그 이야기의 끝이 어떻게 되더라?

나는 언니의 말에 그 이야기의 끝을 곰곰이 생각했고 이야기의 결말에서 왕자의 삶은 기억해냈으나 거지의 삶은 도무지 기억해낼 수 없었다.

하기 싫어서 그랬을까? 내가 그 역할을 너무 대충했나 봐. 기억이 안 나네.

그냥 시간이 오래 지나서 잊었을 수도 있겠다.

아닌 것 같아. 왕자의 삶은 기억나거든.

거지는 어떻게 되는지 한번 검색해줄래?

응, 언니 운전해. 내가 검색해볼게.

고마워. 모든 역할이 중요한 거니까…… 그게 갑자기 궁금하네.

소미는 요정이라 너무 잘됐다.

그냥 역할일 뿐인데 뭐.

그렇긴 한데 소미는 요정을 원했던 거 아냐? 그럼 좋은 거잖아. 내가 말했을 때 언니는 그래, 그건 그렇지, 라고 말했다.

100석 규모의 공연장 안은 사람들로 가득 차 있었다. 꽃이나 케이크 같은 눈에 띄는 선물을 사 가면 소미가 더 기뻐하지 않을까 싶어 공연장 근처에서 살 생각이었는데 언니의 만류로 사지 못한 채로 나는 공연장에 들어섰다. 소미는 친한 이모 가족과 함께 공연을 준비하고 있었다.

지금 가서 인사할까?

끝나고 같이 밥 먹으면서 하자.

언니는 그렇게 말하고 소미에게 갔다가 한참 후에 돌아왔다. 나는 그동안 자리에 앉아 공연을 준비하며 왔다 갔다 하는 배우들과 관객들을 바라보았다. 어린이 배우들이 대거 출연하는 연극이라서 그런지 관객들의 상당수가 그들의 가족으로 보였다. 나는 문득 어릴 적에 교회에서 했던 크리스마스 공연을 떠올렸다. 그 근방에서 가장 큰 교회에 다녔던 나는 친구들과 함께 크리스마스 공연을 했는데, 공연이 끝나자 모든 친구가 기다렸다는 듯이 무대 아래로 뛰어 내려갔다. 무대 아래엔 친구들의 가족들이 한쪽 무릎을 바닥에 꿇고 두 팔을 벌려 친구들을 기다리고 있었다. 나는 어리둥절하여 그대로 무대 위에 남아 있었는데 그때 무대 아래에서 피아노 선생님이 내 이름을 부르며 두 팔을 벌려주었다. 그렇게 그 상황은 선생님에게 뛰어가 안기면서 끝이 났지만 모든 행사를 마치고 늦은 밤 집으로 가던 교회 승합차 안에서도 오롯이 혼자였던 기억이 났다. 헌금이 없어 50원이나 100원을 쥔 손을 헌금함 안에 넣었다가 그대로 다시 뺐던 기억들이 속으로 얼마나 나를 오랫동안 부끄럽게 했는지도. 어린 시절의 나는 그런 순간들에도 사람들 앞에서 울지 않아 자주 칭찬을 듣곤 했다.

나는 공연이 끝나면 무대 아래에서 두 팔을 벌려 소미를 기다리겠다는 생각을 하면서 공연을 봤다. 소미는 통통 튀는 목소리로, 그러면서도 너무나 여유 있는 태도로 공연을 마쳤다. 나는 그런 소미를 바라보면서 정말로 존경심을 느꼈는데 그것은 내가 오랫동안 창희 언니가 삶을 살아가는 태도를 지켜보면서 느꼈던 감정과 비슷했다. 사실 나는 아직도 위축된 채 살아가던 어린 시절을 종종 떠올리곤 하므로 소미의 태도에 대한 존경심은 조금의 거짓도 없는 진심이었다.

공연 중간에 나왔던 소미의 솔로곡이 앙코르곡으로 울려 퍼질 때 꽃가루가 터졌다. 관객들은 크게 환호성을 지르거나 박수를 치며 무대 쪽으로 나가기 시작했고 특히 어린이 배우들은 무대 위에서 신나게 춤을 췄다.

진행자가 고개를 끄덕이며 손짓하는 것을 보니 정식 공연은 끝이 난 모양이었고 이제 자유롭게 사진을 찍고 꽃 같은 것을 주고받는 것이 허용되는 분위기였다. 나는 빈손이었지만 언니와 함께 무대 쪽으로 걸어갔다. 걸어가면서 공연장을 방문한 언니와 소미의 지인들과 짧은 눈인사를 했다. 그들은 소미를 향해 손짓을 하고 꽃다발을 흔들었

다. 소미는 이쪽을 향해 손을 흔들며 웃어주었는데 나와는
눈을 마주치지 않았다. 모르는 얼굴이었으므로 당연한 일
이었고 내가 두 팔을 벌릴 필요는 없었다. 소미는 내가 아
닌데 옛 생각에 괜히 조금 오버를 한 것이다. 나는 창희 언
니와 소미와 그들의 지인들이 함께 기념사진을 찍을 때 맨
끝에 같이 서 있다가 무대에서 내려왔다.

2회 공연을 전부 마치고 공연장 밖으로 나왔을 때는 해
가 지고 있었다. 나는 언니와 언니의 지인들을 따라, 그중
한 부부가 운영하는 횟집으로 갔다. 횟집 안에는 열두 명
은 족히 앉아도 될 만큼 넓은 방이 있었다. 나는 언니와 소
미 옆에 앉았고 여러 종류의 회와 반찬이 나오는 동안 돌
아가면서 인사를 나누었다. 그러고 나서야 소미와도 정식
으로 인사를 나눌 수 있었다. 언니는 내게 회 별로 안 좋아
하지, 미안해, 라고 말하며 새우튀김과 각종 해산물을 주문
해주었다. 횟집 부부는 소미를 포함한 세 명의 아이가 먹
을 치킨을 세 마리나 주문했다.

소미 외의 아이들 중 한 명은 이번 공연 오디션에서 탈락했으며 한 명은 소미의 친구 역할로 출연한 아이였다는 소개가 있었다. 그 얘길 듣고 보니 앙코르곡을 할 때 무대 위에서 가장 신나게 춤을 춘 아이가 바로 오디션에서 탈락한 아이란 걸 알 수 있었다.

그들은 내게 술을 따라주었다. 모두 친절했으며 대학 시절 언니와 나의 에피소드를 궁금해했다. 우리가 목적 없이 떠났던 여행 이야기를 언니가 하나둘 풀어놓을 땐 내가 이어서 덧붙이기도 했다. 치킨 세 마리가 도착했고 술자리가 이어지면서 화제는 언니와 소미에게로 옮겨 갔다. 나는 닭을 몇 조각 집어 먹은 뒤에 만난 지 몇 시간 되지 않은 소미에 대한 칭찬을 늘어놓았다. 그 칭찬의 요지는 이혼 가정의 아이로 자란 내 어린 시절과 지금의 소미를 비교하는 것이었다. 언니는 사람들을 향해서가 아니라 나를 향해 아니라고, 너도 사실은 나름 최선을 다해왔을 거고 그렇다면 잘 살아온 거라고 말했지만 나는 언니의 말을 자르며 대꾸했다. 아니, 언니. 난 잘못 살아왔어. 언니가 잘 알잖아.

그러고 나서 얼마간의 정적이 흘렀는데 나는 그 정적이
매우 익숙했다. 9년 전 언니와 나눈 대화의 끝이 그랬다.

미주야, 네 마음은 잘 알겠고 고마운데, 나는 소미와 잘
살아보려고 이혼을 했고 물론 부족한 게 있겠지만 최선을
다해서, 그렇게 살고 있어. 오해할까 봐 걱정이 들긴 하지
만, 그러니까 내 말은…… 너와는 조금 다를지도 모른다는
거야. 네가 틀렸다는 게 아니라 다를지도 모른다는 거, 다
같지는 않을지도 모른다는 거, 그것뿐이야.

미안해, 언니. 난 그런 뜻이 아니라…… 소미가 너무 걱
정이 돼서…….

그래, 알아. 근데 난 너한테 뭔가를 해결해달라고 꺼낸
얘기가 아니야.

익숙한 정적이 흐른 뒤에야 나는 오래전 우리가 왜 멀어
졌는지 알 것 같았다. 나는 며칠간 고심해서 고른 선물들
을 꺼내 식당 카운터 위에 올려둔 뒤 밖으로 나왔다. 집에

가야겠다고 생각하며 나왔지만 현실적으로 당장 집까지 돌아갈 방법이 없어 나는 절망했다. 택시비가 얼마나 나올까? 도망가고 싶었다.

미주야, 왜 아직 그러는 거야.

따라 나온 언니가 물었다. 나는 그걸 잘 모르겠어서 아무 대답을 하지 않았다.

가려고?

아니.

가려고 선물 거기다 올려둔 거 아니야?

사실 맞아.

매운탕 나왔어.

매운탕은 좀 오래 끓여야 맛있잖아.

나는 몸을 돌려 횟집 쪽으로 걸었다.

통영은 처음이야?

응.

바닷가에는 사람들이 삼삼오오 모여 앉아 이야기를 나누고 있었다. 깜깜한 밤이었지만 필요한 곳마다 조명이 비

추고 있었다. 오늘 공연 어땠어? 언니가 물었고 나는 대답하지 못했다. 공연을 보는 내내 그저 무대 위의 소미와 어린 시절의 나만을 떠올리고 있었다는 것, 나도 모르게 아주 오랫동안 버려진 것만 같던 그 마음을 해결하려고 했다는 것을 알게 되었다. 내가 정답처럼 굳혀놓은 그 시절이 문제라면 그 문제를 해명하거나 얽힌 일을 풀 당사자는 어쩌면 내가 될 수 없다는 것도.

아주 긴 변명

안 계신 것 같아 돌아가는 길에 낯선 카페에 들렀습니다. 기억을 더듬어 어렵게 찾아왔는데 오래전 선생님과 함께 갔던 카페는 문을 닫았더군요. 전화를 걸까 했지만 받지 않으실 것 같아 그냥 돌아갈까 생각하며 걷다 보니 어느새 연남동.

테이블이 세 개인 우드 톤의 아늑한 카페 한쪽 벽은 이곳에 들른 이들이 남긴 짧은 글이나 그림이 그려진 포스트잇으로 가득합니다. 제 기억이 맞는다면 이 포스트잇들은 선생님의 손바닥 크기와 딱 알맞을 것 같고 그래서 저도 모르게 혹시 선생님의 흔적이 있을까 하나하나 바라보았습니다. 선생님의 글씨체를 잘 아니까 유심히, 그럴 리 없겠지만 싶다가도 근처긴 하니까…… 언젠가 들르셨을 수도 있지, 하면서 말이에요.

그동안 어떻게 지내셨나요.

거리엔 비가 내립니다.

여기 커피가 참 좋네요.

언젠가 다시 볼 날이 있을까요.

부디 건강하시기를.

사실 비는 내리지 않아. 오랜만이지. 전처럼 너를 선생님이라 부르면서 존댓말을 써야 할 만큼의 시간이 흘렀지만 원래 하던 대로 말을 놓을게.

포스트잇을 다섯 장째 구겨버렸더니 눈치가 보이는데 정말 뭐라고 쓸지를 모르겠어. 우리 사이에 고작 이런 말밖에 쓸 수가 없나. 이렇게 쓸 말이 없는 걸 보면 내가 너무 일찍 왔다는 생각이 든다. 너무 일찍 왔거나 오지 말았어야 한다고. 와놓고 이제야 그런 생각이 들고, 그렇더라도 난 오늘 여기 이 카페에 한마디는 꼭 쓰고 가고 싶어. 왔으니까 그러고 싶고 직접 말하지 못하니까 그러고 싶어. 나 혼자서는 예측하기 어려운 네 표정을 맞닥뜨려야 하는 순간이 실제가 된다고 생각하면 진짜 너무 두려운 내겐 어쩌면 이게 최선의 방법일 거란 생각도 들어. 아, 정정할 부분이 있지. 그 순간보다 내가 미리 두려워하는 건 네 표정을 신경 쓰는 나라고 해야 정확할 것 같아. 아마 넌 내가 그렇단 걸 나보다 먼저 알고 있겠지만.

싫은 게 아니라 두려운 거 아닐까. 그 순간이 두려운 게 아니라 그런 너 자신이 두려운 거 아닐까. 종종 그런 식으로 묻고는 딴 데를 보던 너. 아닌데? 두려운 게 아니라 그냥 정말 싫은 건데? 말하면 그래 그럼, 하고 말던 너. 나는 그럴 때의 네가 정말 싫었어. 평소엔 누구보다 다정하다가도 결국 내가 널 받아들이지 않는 순간마다 꼭 집어서 알려주곤 하는 게 재수 없었어. 난 네 앞에서 한 번도 그 말을 인정한 적이 없었지만 왜인지 매번 인정한 꼴이 되어버렸

으니까.

네가 처음 그 건물의 계단을 올라오던 순간이 떠오른다. 해가 질 무렵이었고 우리가 처음 만났을 때는 서로를 선생님이라고 불렀지. 함께 그 계단을 다시 내려갈 땐 이미 까맣게 어둠이 내려앉았고 그날 술자리를 마치고 집을 향해 걸으면서는 빨리 다시 너를 볼 수 있는 기회가 생기길 바랐던 것 같아. 그리고 실제로 그렇게 되었지. 나는 거의 매일 네가 보고 싶었어.

없던 일을 만들어서라도 우리가 자주 보며 지내던 시절을 너도 가끔 생각할까. 나는 우리가 함께 걷고 버스를 타고 지하철을 타고 택시를 타고 차를 타고 여기저기를 다닐 때마다 다음에는 함께 기차나 비행기도 타고 싶다는 생각을 했어. 물론 넌 날 비웃었겠지. 내가 너와 다른 걸 하고 싶어 하면서 그때 내가 가진 것을 포기할 생각은 없다는 걸 나보다도 먼저 알고 있었을 테니까.

그러니까 이제는 우리 관계의 막바지에 일어난 일에 대

해 말할 때가 온 것 같아. 모든 사람이 뜯어말리는데도 왜 서로를 향해 그런 말들을 내뱉었는지 말이야. 그렇게 깍듯하게 선생님, 선생님, 하더니 하루아침에 왜 그렇게 되었는지를.

사실 나는 오랫동안 그 일이 난데없거나 갑자기 일어난 일이 아니라 우리가 처음부터 서로를 그렇게 여기고 있었던 건 아닐까 하는 생각을 했어. 그래서 그날 이후 자꾸만 서로의 결핍을 일부러 건드렸다는 흐름이 가장 자연스러운 것 같았거든. 그런 티가 나지 않는다고 생각했던 건 너와 나밖에 없었을지 모르겠다. 마침내 우리와 상관없는 사람들에게까지 뒤에서 나쁜 평판을 듣게 되는 지경에 이르렀지만 우리는 한동안 서로를 비난하는 일을 멈추지 않았지. 나는 네가 가진 것들이 순전히 운일 수 있고 너보다 내가 논리적으로 우월하다는 것을 네게 확실히 인정받고 싶었던 것 같아.

이제 나는 2년 전 그날 횟집에서 네가 내게 왜 그렇게 말했었는지 듣고 싶어. 그러는 난 너한테 왜 그랬었는지 그 이유를 알 것 같고 누군가 묻는다면 얼마든지 말할 수 있거든. 처음엔 널 너무 많이 좋아했지만 끝내 너를 인정하는 마음과는 별개였다는 걸. 그게 나 지신을 니무 많이 괴롭혀왔다는 걸.

그동안 나는 우리가 같은 마음이 아닐지 수없이 상상해 왔어. 꼭 하나만 물을 수 있다면 그래서 너는 어땠는지 묻고 싶어. 그날 왜 그랬는지가 아니라 그 후로 어땠는지를. 사실 네가 하고 싶은 말은 늘 그렇듯 이후의 일들일 테니까. 나는 그걸 들을 준비를 하고 여기 돌아왔어. 지금의 나는 그때 네 진심을 외면하면서까지 꽉 붙잡고 잃지 않으려던 것들을 결국 잃은 사람이 되어 있거든.

그날 본 연극에 대해

　일 때문에 누굴 좀 만났다가 김해국제공항에서 김포로 가는 비행기를 탔는데 선생님을 만났다. 나는 오래전부터 선생님과는 우연이 아니라면 다시 볼 일이 없을 거라고 생각해왔다. 하지만 얼마 전 선생님에 대한 기사를 처음 접했을 땐 반나절쯤 선생님에 대한 걱정을 했고 쏟아지는 기사를 몇 개 더 읽은 뒤로는 한번 찾아뵙고 싶다는 생각도 여러 번 했다. 물론 실행에 옮기지는 않았다. 누군가 내게 왜냐고 묻는다면 준비된 대답이 없었기 때문이다. 그냥 한번 보고 싶다는 말을 내가 다른 사람에게 들었다면 그냥 그런가 보다, 대수롭지 않게 여겼을 것 같은데 사실 내 마음은 꼭 그렇지만은 않았던 것이다. 솔직하게 말하자면 선생님을 조금 위로하고 싶었던 것 같은데 대체 내가 뭔데 그런 생각을 하는지 스스로도 납득이 어려웠고 선생님 입장에선 껄끄러울지도 몰랐다. 그런데 내가 뭔데, 라니? 내가 뭔데, 라기보다는 우리가 뭔데, 라고 해야 더 정확한 거 아닐까? 요즘 나는 아무 때고 우리라는 단어의 의미에 대해 골똘히 생각할 때가 있다.

선생님을 알아본 것은 내가 먼저였다(적어도 그때는 그렇게 생각했다). 선생님은 내 바로 앞자리였는데, 내가 선생님을 알아보면서 그 곁을 지나치던 순간에 고개를 좀 숙인 채 소지품을 정리하고 있었다. 나는 짐을 올려둔 뒤 자리에 앉아 창밖과 의자 옆으로 튀어나온 선생님의 어깨를 비행 내내 번갈아 바라보았다. 그러면서 잠을 잘 자지 못해 컨디션이 엉망인 데다 선생님은 나를 보지 못한 것 같은데 내릴 때 인사를 할까, 그냥 이대로 지나칠까, 고민했다. 그리고 누구도 내 숨소리를 기억할 리는 없지만 선생

님이라면 내 숨소리를 기억할 수도 있으니 갑자기 날 알아
채고 창가 쪽으로 뒤돌아보진 않을까 숨소리마저 죽이며
고민을 거듭했는데 그런 일은 일어나지 않았다. 그런데 착
륙 이후 안전벨트를 풀자마자 선생님이 뒤를 돌아보며 말
했다.

두나구나.

선생님.

나는 웃어 보였다.

나가서 인사 좀 할까?

네.

나는 고개를 끄덕였고 그날 서울엔 비가 내리고 있었다.

그날로부터 일주일 뒤 나는 선형과 함께 일산에 위치한
선생님의 작업실로 갔다. 선생님과는 밖에서 한 번 식사를
하고 연극을 본 적이 있었지만 작업실은 처음이었다. 지하
철역에서 멀리 떨어진 아주 오래된 오피스텔이었는데 마
치 미로같이 복잡한 구조였고 한낮에도 어두웠다. 볕이 잘

들지 않는 방향인 것도 그랬지만 조명과 인테리어도 한몫하는 것 같았다. 선생님은 선형과 나를 무척 반갑게 맞았는데 그런 일을 겪고도 침착하게 인터뷰하던 모습을 생각한다면 우리를 정말 많이 반겼다고 할 수 있겠다. 우리는 선생님이 안내한 테이블 의자에 앉았다. 테이블 위에는 두 개의 초와 1930년대에 살았던, 국적이 다른 두 사람이 주고받은 편지를 엮은 서한집이 있었다. 무슨 말인지 모르겠는데 그냥 읽고 있었다며 선생님이 웃었다.

에이, 선생님도 참.

선형이 말하자,

아니, 진짜 뭔 말인지 모르겠어.

선생님이 미소 띤 얼굴로 덤덤하게 말했다. 예전 같으면 자연스럽게 편지에 대한 이야기로 옮겨 갔을 것 같았다. 그런 생각을 하면서 나는 받은 편지에 대해서는 말할 수 있지만 보낸 편지에 대해서는 거의 모든 기억을 잃었다는 사실을 생각했다. 마음 같은 것은 남에게 전부 주고도 그게 다 내 것인 것 같은데 오래전 보낸 편지에 대한 기억들은 왜 이렇게 흐릿할까, 하면서 선생님의 얼굴을 바라보았다. 선생님의 얼굴은 그대로였다. 우리 둘도 선생님에겐 그대로일까. 여기서 서로를 바라볼 땐 우리 셋 모두 그대로라서, 그래서 이렇게 10년이란 시간이 무색하게 선생님은 우리를 친근하게 대하는 걸까.

한번 볼래?

선생님은 그 책을 들어 선형에게 건넸다. 선형이 그 책을 받아 나란히 앉은 내게도 보여주었다. 무슨 말인지 모른다기에 외국어로 되어 있나 했더니 한국어로 된 번역서였다. 그 말이 진짜라면 무슨 말인지 모르면서도 그 책을 읽고 있는 선생님이 좋았다. 모르니까 알려고 계속 읽는 거 아닐까. 그러니까 나는 여전히 선생님을 좋아하는 편에 속했다.

아직 점심 전이지?

네.

둘 중 한 명만 나를 좀 도와줄래?

선형이 벌떡 일어나 선생님을 따라 주방 쪽으로 갔다.

나는 무슨 말인지 모르겠다는 책을 뒤적이며 속으로는 선생님과 본 연극에 대해 생각했다. 그 연극의 주인공이었던 배우는 지금 '천만 관객 배우'라는 타이틀을 얻었고 드라마와 광고 등에서 활약하고 여전히 종종 연극 무대에도 오르고 있다. 하지만 나는 그 연극의 줄거리에 대해서는 전혀 기억하지 못했다. 아니, 기억하지 못하는 것이 아니라 알지 못한다. 우리가 연극을 보다 말았기 때문이다.

주문한 탕수육과 새우 요리가 도착했고 선생님과 선형이 만든 볶음밥도 완성되었다. 나는 각기 다른 접시에 담긴 볶음밥을 테이블로 옮기고 물과 수저를 놓았다. 선생님은 잔에 고량주를 따르고 다시 한번 반갑다며 잔을 부딪쳤다. 우리는 술을 마시고 음식을 먹기 시작했다. 선생님이 뭘 좋아하고 싫어하는지 전혀 취향을 알 수 없어, 죄송하지만 아이 것을 샀다며 선형이 선물을 전했다. 넌 선생님에 대해 좀 알지 않아? 선물을 살 때 선형이 물었으나 나역시 아는 것이 없었는데 조금 어이가 없었던 건, 나조차 내가 선생님의 취향에 대해 조금은 알고 있다고 여겼다는 사실이다.

아이 선물과 함께 사 온 술을 꺼내 마시면서 선생님은 우리의 근황을 물었다. 우리라고 해서 아무 일이 없었던 건 아니지만 왜인지 그런 일들도 거기에선 그저 그런 무게로 그 공간에, 비어 있던 마음 한편에 안착했다. 차가 없는 나로서는 지하철역에서 마을버스를 타거나 택시를 타야만 도착할 수 있는 일산의 아주 오래된 오피스텔에서, 우연히.

서툴긴 한데 직접 해주고 싶어서.

선생님은 원래 먹는 것에는 전혀 관심이 없었는데, 이제는 아이를 위한 음식을 하기 시작했다며 웬만한 것은 다 할 수 있지만 지금 이 볶음밥이 가장 자신 있는 음식이라고 말했다.

너무 맛있어요, 선생님.

그래?

네, 더 주세요.

선형이 말했다.

퇴근 시간이 되기 전에 이곳을 나서야 고생하지 않을 거라며 선생님이 슬슬 자리를 정리하자고 말했다. 그리고 집에 가서 보라며 우리에게 크라프트지로 만든 작은 종이 가방을 하나씩 쥐여주었다. 나가기 전에 들러야 한다며 선형이 화장실에 간 사이에 선생님이 내게 말했다. 너는 왜 항상 가장 완벽한 순간에 내 앞에 나타날까.

선형을 통해 그다음 초대를 받아 다시 그 작업실을 찾은 것은 아직 매미 울음소리가 들리지 않던 초여름이었다. 선형과 나는 봄에 갔던 여행지에서 사 온 그릇을 챙겼다. 아이가 좋아하는 볶음밥을 담으면 너무 예쁠 것 같다며 선형이 고른 것이었다. 사실 나는 선생님에 대해 매번 다른 감정을 가진다. 점점 발전하거나 점점 흐릿해지는 게 아니라 통제할 수 없이 왔다 갔다 한다. 처음에는 시시때때로 변하곤 했지만 그 후로는 차츰 넓은 간격을 가지게 되었다는 것만 다르다. 10년 전, 7년 전, 5년 전, 3년 전, 1년 전, 지난 겨울, 그리고 봄. 그런 채로 선생님을 보는 일은 한때 우연이 아니고서야 있을 수 없는 일이었다가 이제는 그냥 한번 볼 수도 있는 일이 되었다. 그래서 나는 이번에도 아주 오래전 선생님과 함께 본 연극에 대해 말하는 일에, 그날 우리가 보다 만 연극에 대해 말하는 일에 또 실패하고 만다.

겨울잠

문영은 유치원 부채춤 공연 도중 이 세계가 참 무심하다 느꼈다. 물론 그땐 무심하다는 단어를 몰랐지만 말이다. 내가 이 상황에 있도록 만든 모든 것이 바로 세계가 내게 무심하다는 뜻이지. 혼자만 한복 없이 다른 옷을 입고 부채춤을 추다가 문영은 그런 생각을 했다. 보러 온 가족이 아무도 없던 것도 문영이 유일했다.

집에 가서 엄마 오라고 하면 되잖아.

집에 가도 엄마 없어.

한복은? 넌 집이 바로 앞이니까 갔다 오면 되잖아.

집에 가도 한복 없다고.

그럼 빌리면 되잖아.

빌릴 데도 없다고, 이 멍청아.

다행히 친구는 다시 춤에 열중했고, 그래서 문영의 수치심이 더 커지지는 않았는데 목사님이며 선생님들이며 친구들 모두, 그 말 이후로는 정말 아무도 뭐라 하는 사람이 없었기 때문이다. 부채춤을 열심히 출 테니까 제발 이 시간이 빨리 지나가게 해주세요. 문영은 눈을 감고 한 손으로 부채를 펼치며 기도했다.

집에 가서 문영은 아무 말 없이 이불 속에서 생각했다. 나 같은 애가 한 명만 더 있었으면 좀 나았을까. 실수로 두고 온 거면 좀 나았을까. 내가 이런 거에 개의치 않는 애였다면 좀 나았을까…… 그리고 아주 오랜 시간이 지나서야 자신에게 수치심은 있고 없고의 문제지 크기의 문제가 아니라는 생각을 했다.

봄 여름 가을 겨울, 사계절 내내 감기에 걸린 환자. 문영이 유치원에서 맡은 역할은 늘 환자였다. 역할놀이를 하던 문영과 친구들은 감기 말고 다른 병명을 잘 알지 못했다. 아유, 또 감기 걸리셨어요? 네, 열이 나고 기침이 나요. 문영은 이마를 손으로 누르면서 가짜 기침을 했는데, 열이 난 사람의 힘없이 축 늘어진 표정연기와 기침 연기를 너무 잘했다. 이제 주사를 맞고 약을 먹으면 다 나을 거예요. 의사 역할을 맡은 친구는 문영을 걱정하며 간호사 역할을 맡은 친구에게 주사와 약을 처방했다. 그때마다 문영은 밀크 캐러멜 서너 개를 손에 쥘 수 있었다.

그때 문영에게 밀크캐러멜을 처방하고 주사를 놓았던 간호사 역할의 동주. 문영은 신촌 세브란스병원 앞 횡단보도에서 한눈에 동주를 알아봤다. 어색한데 어색하지 않았다. 동주도 반가워하며 물었다.

문영이 맞지?

맞아. 이게 정말 웬일이야.

어떻게 바로 알아봤지?

그러니까!

여긴 어쩐 일이야?

아, 병문안을 왔다가. 넌?

난 진료 좀 받았어.

어디가 아픈 거야?

돌발성난청이래.

이런.

문영과 동주는 횡단보도를 건너 함께 약국으로 들어갔다. 이렇게 오랜만에 만나서 가장 먼저 한 행동이 함께 약국에 가는 거란 사실이 문영은 낯설면서도 좋았다. 아무렇지 않게 함께 약국에 가다니. 동주가 어디 아픈지 내게 말하고 함께 약을 사러 간다는 이 사적인 상황이, 왠지 서로를 빠르게 가까워지도록 도와주는 기분이었다.

동주가 처방전을 제출하고 약을 기다릴 때였다. 한 무리의 외국인이 약국 안으로 들어와 약사에게 교통카드를 살 수 있느냐고 물었다. 약사가 팔지 않는다고 하자 그들은 당황했다. 동주는 그들에게 다가가 혹시 도움이 필요한지 물었다. 그들은 그렇다고 했고, 약을 받은 동주와 문영은 그들과 함께 근처 편의점에 가서 교통카드를 살 수 있도록 도왔다. 리스닝은 좀 되지만 스피킹은 안 되는 문영은 그 대화에 참여할 수 없었지만 대충 맥락을 파악할 수는 있었다.

우린 플로리다에서 왔어. 당신들은 너무 친절했어. 고마워.

그들은 그렇게 말하고 떠나갔다. 그리고 동주는 문영에게 전화번호를 물은 뒤 곧 연락하겠다고 말했다.

어, 그래. 잘 가. 얼른 낫고!

아픈 사람을 잡아둘 수 없어 문영은 그렇게 동주를 보냈다. 그 일은 최근 몇 년간 문영의 일상에서 가장 꿈같은 일이었다. 자지 않고도 꾸는 꿈. 그래서인지 실제로 몇 달이 지난 후에는 '그때 그 일이 실제 있었던 일인가?' 의심하기도 했다. 문영에게는 동주의 번호가 없었다.

문영은 책상 위에 떨어진 과자 가루들을 바라보았다. 전날 저녁으로 먹은 것이었다. 전날 문영은 갑자기 추워진 날씨에 두꺼운 외투를 찾지 못해 가을 외투 두 벌을 겹쳐 입고 나갔다. 겨울이 오기 전에 제대로 된 겨울 코트를 사려고 하나뿐인 낡은 코트를 버렸다. 그때는 이처럼 낮은 기온이 10월에 찾아올 줄 몰랐던 것이다. 넉분에 문영은 사무실 사람들을 비롯해 만나는 모든 사람으로부터 어떻게 된 거냐, 라든지 왜 가을옷을 입었냐, 같은 질문을 하루 종일 들어야 했다. 어떻게 된 거냐면요. 제가 올 2월에 하나뿐인 겨울 외투를 버렸거든요? 겨울이 오기 전에 제대로 된 걸로 하나 장만하려고요. 근데 오늘 갑자기…… 전날 문영은 모두에게 성실하게 대답했고 과자 가루들을 바라보며 경수를 생각했다.

지금은 우리 둘 다 불행하니까.

지난여름 경수는 그렇게 말하고 전화를 끊었다. 지금은, 이라는 건 미래를 생각하기 싫다는 뜻이고 불행하다, 라는 건 헤어지자는 뜻이었을까. 근데 난 아니었는데. 그러니까 넌 "우리 둘 다 불행하니까"가 아니라 '내가 불행하니까'라고 말했어야 맞는데. 불행은 원래 늘 조금씩 함께하는 거 아니었나. 문영은 경수의 이야기를 곱씹으며 조금이 아니 었나 보다, 라고 차츰 생각을 달리했고 이별을 받아들였다. 내가 내 행복을 바라듯이 경수도 자신의 행복을 바랐던 것 일 뿐이라고. 돌이켜보니 경수가 먼저 전화를 끊은 것은 그때가 처음이었다.

문영은 두루마리 휴지 한 칸을 뜯어 그 위로 과자 가루 들을 모았다. 경수가 자신의 불행을 인지하고 행복해지고 싶어 하는 마음이 부러웠다. 문영에게도 그런 때가 있었다. 주어진 상황 속에서 해야만 했던 결정 때문에 삶이 불행한 거라고 생각하던 때. 그 결정만이 잘못된 거니까 다른 결 정을 하면 다시 삶이 제자리를 찾고 행복해질 수 있을 거 라 생각하던 때.

문영이 바라던 행복은 어떤 사람들이 보기엔 심지어 작 은 불행이라고 볼 수도 있을 만큼 작았다. 가지고 싶은 것 을 가지게 되거나 가진 것을 잃지 않게 되는 것이 아니라 그저 하루라도, 조금이라도 덜 맞으면 다행인 정도였으므로. 하지만 열여섯이 되던 해, 이제 자신의 삶에는 선택이 아니라 해야 하는 결정만이 놓여 있다는 것을 알게 되었다.

밥 생각이 없었던 문영은 전날처럼 쿠키 두 조각을 물과 함께 먹고 타이레놀 두 알을 입안에 털어 넣었다. 그래, 오래 만나기는 했지만 그냥 그런 거지. 그전에도 난 정말 죽을 것처럼 사랑했던 사람들과 늘 다른 이유로 헤어졌으니까. 이렇게 생각한다고 달라지는 것은 없지만 때때로 이렇게도 생각해보는 것이다.

타이레놀로는 도통 열이 내릴 기미가 보이지 않아서 문영은 병원 문이 닫기 전 집을 나섰다. 아직 겨울 코트를 구입하지 않아 전날과 같은 차림이었다. 찬바람이 불어와 문영의 얼굴을 할퀴었다. 며칠 후부터는 봄 날씨처럼 기온이 오를 거라는데 정말 그럴까, 믿기 어렵네. 겨울 동안 잠만 잘 수 있다면 얼마나 좋을까. 그러면 무엇도 생각하지 않은 채로 봄이 와 있을 텐데.

몇 걸음 걸을수록 더욱 열이 나는 것 같았다. 다른 증상은 없는 것 같아 코로나19는 아닐 것 같았지만 혹시 몰랐다. 지금껏 문영은 매일 코로나19 검사를 해왔다. 오늘은 저녁에 아르바이트도 가야 하고 내일은 사무실 출근도 해야 하니까 다시 검사를 해보는 게 좋을 것 같았다. 그때 경수에게 메시지가 왔다.

[아 씨, 오늘따라 거래처 이 새끼들.]

잘못 보낸 것 같았다. 문영은 답장하지 않았다. 예전 같으면 '아 씨, 오늘따라 김경수 이 새끼' 하면서 농담을 했을지도 모르겠다. 문영은 삶에 대한 긍지라고는 전혀 없는 모습으로 병원을 향해 걸었다. 가는 동안 맞은편에서 걸어오는 사람들이 문영을 조금씩 치고 갔다. 젊은 사람들도 나이 든 사람들도 아이들도 아이가 타고 있는 유아차를 끌거나 개를 산책시키는 사람들도 자전거를 탄 사람들도 테이크아웃 잔을 손에 들고 담소를 나누는 사람들도 손을 잡고 조용히 걷는 사람들도 혼자 걷는 문영에게 다가와서 부딪치기만 했다. 문영은 그럴 때 걸음을 잠시 멈추었다가 다시 걸었다. 문영이 잠시 멈추지 않았다면 서로 더 세게

부딪쳤을 것이다. 전에는 먼저 나서서 길을 비켜주곤 했는데, 한번은 종일 길을 터주다가 별안간 속으로 울음을 터뜨린 적이 있었다. 그 사람들은 그냥 걸었을 뿐인데 왜 자신만 그런 걸 의식하는지 스스로도 잘 모르던 시절이었다. 그 얘길 경수에게 했더니, 그렇다면 잠시 그냥 그 자리에 멈춰보라고 조언해주었고 그 뒤로 문영은 길에서 운 적이 없었다. 그리고 문영은 그 방법을 다른 곳에도 응용했다. 원치 않는 방향으로 대화가 흘러가는 난처한 자리에서 상대가 원하는 반응을 하기 전에 일단 침묵해보는 것(물론 응용은 쉽지 않았다).

병원에는 두 사람이 대기 중이었고 문영이 코로나19 검사를 해보고 싶다고 말했더니 직원이 문영을 병원 밖으로 안내했다. 복도에 대기석이 있었다. 죄송하지만 혹시 모르니 여기서 대기해달라고 하기에 알겠다고 했다. 의자는 푹신했고 직원은 작은 히터를 가져와 문영의 옆에 놓아주었다. 봄 여름 가을 겨울, 사계절 내내 감기에 걸릴 때마다 갔던 곳인데, 진료를 마칠 때쯤 의사가 기도를 해주곤 했다. 문영은 종교가 없었지만 의사의 기도를 듣는 것이 싫지 않았다. 그 의사는 기도를 하기 전에 늘 먼저 기도를 해도 되겠느냐 물었고 '우리 환자분인 문영 씨의 고열과 두통이 빨리 낫게 해주시고' 하는 식으로 증상을 구체적으로 말했으며 교회에 다니면 좋을 거라고 권하지 않았다.

오늘도 역시 의사는 문영에게 기도를 해도 되겠느냐고 물었다. 평소엔 덤덤히 네, 라는 짧은 대답만 하던 문영은 속으로 빨리 많이 해주세요, 라고 생각하며 길게 네―, 하고 고개를 끄덕였다.

코로나19 검사 결과는 음성으로 나왔고 문영은 감기약을 처방받았다. 독감 예방주사를 맞았는지 묻기에 아니라고 대답했더니 독감 검사를 하려면 하루에 코를 두 번 찌르게 되니까 일단 감기약을 먹어보고 낫지 않으면 다시 오라고 말했다.

잠을 푹 주무시면 좋아요.

네, 감사합니다.

문영은 병원이 위치한 건물 1층에 있는 약국으로 갔다. 약사는 열과 두통이 있으시군요, 하더니 약에 대한 성분과 복용법, 주의점 등을 설명한 뒤 빨리 낫기를 바랍니다, 라고 말해주었다.

그러니까 그날 동주에게 전화번호를 알려주었을 뿐 다시 만날 약속을 한 건 아니라는 것, 자지 않고 꾸는 꿈이 불가능한 거라면, 내 시간만 빨리 지나가는 게 불가능한 거라면 그냥 진짜 빨리 낫는 수밖엔 없겠다고 문영은 생각했다.

깨끗한 마음으로

그 후의 나

'월간 자랑'의 멤버가 되기 위한 면접이 치러진 장소는 한남동에 위치한 모모 언니의 집이었다. 나는 월간 자랑의 마지막 멤버로서, 더 이상 신입 멤버를 받지 않겠다던 기존 멤버 몇의 반대를 무릅쓰고 지난주 간신히 면접을 통과할 수 있었다. 나는 면접 자리에서 그야말로 자랑을 해야만 했는데 다행히 멤버들은 마음을 열고 내 자랑을 들어주었다. 옛날 일이어도 좋고 사소한 일이어도 좋고 너만의 착각이어도 좋다는, 그러니까 어떤 기준이랄 게 없는 게 기준이라는 말에 안심이 되면서도 한편으론 그 기준 없음이 더 어렵게 느껴지기도 했다.

그런 일이 있었다는 건 들었어요.

네.

왜 여기 들어오고 싶어 하는지도요.

네.

그래도 이건 별개예요. 알죠?

네, 잘 알아요.

그렇게 준비한 자랑이 모두 끝난 뒤 모모 언니는 내게 진심이 느껴진다, 라고 말하며 여러 번 고개를 끄덕였지만 수진은 왜인지 조금 망설여진다고 말했다(나는 그날 이후 처음으로 내가 스스로 오이지를 무치고 밥을 지어 먹었다는 사실과 2주일 전쯤에 심었으나 죽은 줄 알았던 바질 씨앗을 포기하지 않고 돌봐서 드디어 작은 싹을 틔웠다는 것, 그리고 잘 웃고 잘 운다는 것을 자랑했다). 나는 그들에게 기회를 주었으면 한다고 했고 그들은 내게 시간을 달라고 했다.

그리고 마침내 나는 면접일로부터 일주일 뒤에 정식 멤버로서 모임에 참가할 수 있게 되었다. 나는 결과를 기다리며 많은 자랑거리를 메모해둔 상태였기 때문에 첫 번째 모임 날짜가 다가오는 것이 즐거웠다. 수진은 내년부터 함께하자, 라고 말했지만 모모 언니와 승은, 그리고 혁진은 연말 파티를 겸한 올해 마지막 모임부터 나오는 것이 좋겠다는 의견이었다. 덧붙여 시간이 되는 사람에 한해 마지막 모임을 갖는 날 오전에 모여 모모 언니의 집 2층 페인트칠을 도와주기로 했다. 일주일은 더디게 지나갔다.

일찍 오셨네요?

네, 한 시간도 안 걸렸어요.

가장 먼저 와 있던 승은이 내게 롤러를 건넸다.

저는 맨날 늦어서 어제 여기서 잤어요.

늦지 않기 위해서 전날 와서 자기까지 했다고? 나는 속으로 조금 놀랐지만 승은의 덤덤한 어투가 너무 좋아서 웃어 보였다. 저기 저 앞치마를 내가 써도 될까 싶고 어디부터 해야 할까 싶고 모모 언니는 어디 있나 싶어 주위를 두리번거리는데 언니가 오래된 나무 계단 밟는 소리를 내며 2층으로 올라왔다.

욕실 문을 맡겠니?

언니가 앞치마를 건네며 말했다. 나는 전에 셀프 페인팅을 몇 번 해본 적이 있었기에 제법 능숙하게 일을 시작했다. 그러는 사이 수진이 다른 멤버와 함께 커피를 들고 등장했다. 우리는 커피를 나눠 받은 뒤 각자 페인트칠에 열중했다. 나는 가장 편한 옷을 입고 와 활동이 편했던 데다 그날따라 컨디션도 좋아 모모 언니가 놓친 부분까지 캐치해냈으며, 페인트칠을 처음 해보는 수진에 비해 작업 속도가 두 배 정도 빨랐다. 세 시간 작업 후 한 시간이나 잠이 들어버리는 바람에 민망한 상황을 겪기도 했지만 저쪽 방 젯소는요? 하며 눈뜨자마자 작업 상황을 확인하며 위기를 모면했다. 어쩐지 일이 잘 풀리는 느낌이었다.

[저 기분이 너무 좋은 것 같아요, 선생님. 정말 감사해요.]

내가 이 모임에 들어올 수 있게 도와준 수연에게 메시지를 보내고서 다시 작업에 열중했다.

[뭘요.]

수연에게 답장이 왔다. 다시 세 시간쯤 지난 후에 좀 힘들다 싶었는데 수진이 말했다.

더는 못 해, 술 마시자.

수진이라고 했나? 내가 하고 싶은 말이었어! 나는 속으로 생각했고 누구도 끝내자는 사람이 없어 각자 하던 부분만 마무리해두고 나가기로 했다.

마침 눈이 오기 시작해서 우리는 눈 오는 거리로 나섰다. 10분쯤 걸어 도착한 곳은 2층 가정집을 개조한 와인 바였다. 오늘은 한남동 2층집들만 다니네, 하는 생각이 들어 그와 관련된 농담을 하고 싶었지만 잠자코 있었다.

여긴 한남동 같지 않아서 좋아.

모모 언니의 말에 모두 골똘히 한남동에 있는 가게가 한남동 같은 게 나은지 한남동 같지 않은 게 나은지에 대해 생각했다. 그리고 한 사람씩 약간 머뭇거리면서 자신의 생각을 말했다.

일단 한남동이라는 개념부터 정리를 해봐야지.

이 주제로 얘기를 이렇게 길게? 말수가 많은데도 많지 않게 느껴지는 멤버들을 보면서 마음이 편안해졌다. 그래서일까, 이 가게가 한남동에 있는데 한남동 가게 같지 않아서일까, 원래 난 그런 인간인 걸까. 나는 그만 나 같지 않게 많은 술을 마시고 취해가고 있었다.

그렇게 자꾸만 눈이 감기기 시작했는데, 그게 내리는 눈인지 내 눈꺼풀인지 모르는 지경에 다다랐을 때 누군가 그의 이름을 말하는 게 똑똑히 들려왔다.

걔가 이 동네에서 가게를 한다고?

응, 내가 한남동 맛집 쳐서 갔는데 걔가 사장으로 있더라고.

광화문에서 카페 한다고 하지 않았나?

…….

…….

나는 화장실에서 구토를 한 뒤 그의 가게 이름을 알아내려 포털사이트 검색창에 "한남동 맛집"을 쳐 넣고 싶었으나 술에 취해 손가락이 내 의지대로 움직여주질 않아서 몇 번이나 "힌남동 맛집" "힌남동 문어" "핫남동 맛집" 등만 반복해서 입력했다. 만족스러운 결과를 얻지 못하고 겨우 자리로 돌아왔을 때에는 술 적당히 잘 마신다고 자랑하지 않

았었나? 하는 누군가의 목소리가 들렸다. 네, 했었죠……
자랑…… 했었죠……. 나는 속으로 대답하다가 결국 눈물
을 쏟고 말았다.

잘 운다고 자랑하더니 진짜였어.

조금 웃겨드릴까.

좀 우시게 두고.

하게 되면 내가 먼저 해볼게.

응, 그리고 나 최근에 진짜 웃긴 일도 있었어.

야, 그것참 잘됐다.

월간 자랑의 그해 마지막 모임이 시작되었을 때 나는 엎
드린 채로 울고 있었다. 마음을 놓고 아주 오래 울었다. 그
리고 다행스럽게도 내 차례가 왔을 때는 울음을 그치고 고
개를 들어 겨우 한마디를 할 수 있었다.

제게는…… 꺼억…… 제가 마음 놓고 울 수 있는 사람들
이 있어요.

봄의 신호

밤부터 내린 비가 계속되던 11월의 어느 한낮이었다. 영수가 서점 '안착'의 유리문을 밀고 들어왔다. 영수는 인천으로 이사 온 뒤 이 서점에 다니기 시작했는데 이곳의 모든 것이 마음에 들었지만 특히 안착이라는 이름을 좋아했다. 오랜만에 오니까 또 좋네. 영수는 올리브색 장우산의 물기를 털어 서점의 한쪽 출입구를 지키고 있는 우산꽂이에 꽂았다. 두 달 만에 나타난 영수를 본 미소는 몹시 놀랐다. 영수는 두 달 전 할머니의 101세 기념 잔치에 간다며 진해로 내려갔는데 그로부터 며칠 뒤 할머니가 돌아가셨다는 연락을 해왔던 것이다.

저 왔어요.

영수가 말했다. 영수의 목소리를 듣자 미소는 마음이 푹 내려앉는 것을 느꼈고, 그러자 그동안 자신이 생각보다 많이 영수를 걱정하고 있었다는 것을 깨달았다. 누구나 그렇겠지만 목소리라는 것이 이렇게나 좋을 일인가. 하필 오늘 연차를 내고 서점 안착에 온 나 자신을 칭찬한다! 미소는 뿌듯해하면서 환하게 웃었다. 서점 주인이 영수를 반기는 동안에도 서점의 독서 공간 구석에는 세상사에 일절 관심이라곤 없는 진이라는 사람이 커피를 마시며 책을 읽고 있었다.

와, 이 책 정말 별로네요.

진의 목소리가 들려왔다.

아, 저쪽에.

미소는 진이 앉아 있는 구석 자리를 가리켰다.

혼잣말 잘하세요.

미소가 웃으며 말했다.

잘하고요, 좋아하고요.

구석에서 다시 진의 목소리가 들려왔고 영수는 미소가 앉은 테이블에 앉았다. 진이 앉은 쪽을 가리킬 때도 미소의 시선은 쭉 영수에게 가 있었다. 미소는 영수의 표정을 읽고 싶고 영수의 마음을 알고 싶었지만 급하게 굴지 않기로 했다. 어떤 마음인지 너무 묻지는 말아야지. 말해줘도 잘 모른다면 그다음엔 어떻게 해야 할지 잘 모르겠고, 아무래도 난 그런 경험이 없으니까. 근데 난 어쩜 이렇게 아무도 안 돌아가실 수가? 미소는 속으로 생각했다.

고향집에서 이 사진 한 장을 건졌어요.

간단한 근황을 주고받은 뒤 영수는 깨끗한 코트 안주머니에서 사진 한 장을 꺼냈다. 사진에는 어린 영수가 잇몸을 드러낸 채 활짝 웃고 있었고 어린 영수 뒤로는 말 한 마리가, 말 뒤로는 하얀 파도가 밀려오고 있었다.

바닷가에 말이 있네요?

미소는 자기도 모르게 말에게 시선을 빼앗겼다. 아닌 게 아니라 사진 뒤에는 "네가 말 앞에 섰어요. 어때요?"라는 글씨가 쓰여 있었다. 어린 영수가 쓴 것이었다. 미소는 '내'

를 "네"로 썼던 영수가 좋았고 "어때요?"라고 물었던 영수가 좋았다. 그리고 다행히 지금도, 미소의 생각보다 눈앞의 영수는 좋아 보였다. 좋아 보여서 다행이라고 생각하고 있을 때, 좋아 보여서 다행이죠? 영수가 물었고 미소는 정말 이 사람은 최고다! 정말 멋있어! 속으로 생각하며 고개를 끄덕였다. 이 짧은 순간, 이렇게 많은 느낌표를 쓴 적이 있었던가 하면서.

의외로 정리할 게 많더라고요. 관공서부터 해서…….

그래요?

네, 와주셔서 감사하다고 인사도 하러 다니고요.

그렇구나.

다 끝내고 많이 울고 왔어요.

잘하셨어요. 커피 드시겠어요?

좋지요.

오늘은 제가 사드릴게요.

어디 그럼 얻어먹어볼까요?

미소와 영수는 함께 일어났고, 미소가 주문을 하는 동

안 영수는 서가에서 『나의 배드민턴 친구들』이라는 책을 오래 들여다보다가 사야 되겠다, 라고 말하며 다시 계산대로 걸어갔다. 그사이 미소는 자신의 마음을 바라보았고 조금 안심을 했다. 미소와 영수는 한 시간 정도 이런저런 이야기를 나누다가 독서 공간으로 옮겨 앉아 각자 책을 읽었다. 그렇게 날이 어둑해질 때까지 서점 안의 네 사람은 각자의 시간을 보냈다.

끝까지 읽으니까 재밌네요.

진의 목소리가 들려왔다. 영수는 읽던 책을 덮고 서점 주인이 건네준 아몬드쿠키를 오도독, 하고 깨물었다. 오도독, 하고 저쪽에서도 소리가 나는 걸 보니 진도 쿠키를 먹고 있는 것 같았다.

혹시 내일 배드민턴 치지 않을래요?

배드민턴이요?

오늘 밤에 비가 그친다고 해요.

그럼 한번 그래볼까요?

근데 셋인데, 어쩌죠?

미소의 물음에 서점 주인은 진에게 다가갔다.

혹시 배드민턴 싫어해요?

배드민턴이라면, 좋아하고요. 또 잘하고요.

혼잣말 같은 거군요.

서점 주인이 말했다.

다음 날 비는 그치지 않았으나 넷은 서점 근처에 있는 공터에서 만났다. 맞을 만한 정도의 비였고, 넷에겐 두 가지 공통점이 있었다. 어찌 됐든 비를 맞으며 배드민턴을 치는 것이 모두 처음이라는 것과 모두 배드민턴 세트와 셔틀콕을 가져왔다는 것. 넷은 각자 자신의 라켓을 꺼냈다. 그래서 하나씩은 남겨졌다.

네 사람은 손바닥 뒤집기로 팀을 정했다. 서점 주인과 미소가 한 팀, 영수와 진이 한 팀이었다. 진은 경기가 시작되자 공터를 날아다니며 좋아하고 잘한다던 배드민턴 실력을 발휘했고 미소와 영수는 서서히 비에 젖어 몹시 재미있는 얼굴이 되었으나 신경 쓰는 사람은 없었다(서점 주인은 모자를 쓰고 와서 다행이었다). 문제는 비나 얼굴이 재미있어지거나 하는 것이 아니었고 셋의 실력이었는데 셋의 실력은 곧 넷의 실력으로 물들어 경기가 시작되고 얼마 후부터 네 사람은 오직 공만을 주우러 다녔다. 얼마간의 시간이 지나자 진마저 엉뚱한 데로 공을 치기 시작했던 것이다.

공터 입구에 버려진 캠핑 의자를 갖다 놓고 종일 그곳을 지키는 할아버지는 아까부터 그들의 모습에서 눈을 떼지 못하고 있었다. 그러다가 넷은 누가 먼저랄 것도 없이 실실 웃기 시작했는데 마지막엔 전부 라켓을 내려놓고 해탈한 듯 웃어젖혔다. 그걸 본 할아버지마저 오랜만에 잇몸까지 드러낸 채 웃으며 말했다.

그만 웃어! 이제 제발 그만 웃으라고!

다섯 사람은 쉽게 웃음을 그치지 못했다. 그사이 미소는 할아버지까지 웃고 있는 게 너무 좋고 왠지 지금은 영수 씨마저 좀 이상해진 것 같지만 너무 좋다, 라고 생각했다. 여긴 바닷가도 아니고 말도 없지만 영수 씨가 어릴 때처럼 웃고 있다고. 그리고 난 그 사실이, 너무 좋다고.

다음 날 영수는 이틀 전처럼 천천히 서점의 유리문을 밀고 들어왔다. 여느 때처럼 따뜻한 커피를 주문했고 서점 주인은 카드를 내미는 영수의 엄지손가락에 파스가 붙어 있는 것을 보았다. 서점 주인은 커피와 함께 엄지손가락에 끼울 수 있는 고무로 된 골무를 주며 영수 앞에 앉았다.

세수할 때 끼면 어떨까요.

오, 대박.

엄지손가락이 왜 아플까요.

모르겠어요.

좀 쉬어요, 영수 씨.

저 내일 진해로 다시 내려가요.

무슨 일 있어요?

누군가 자신을 찾는다고 말하며 영수는 자신의 이야기를 서점 주인에게 들려주었다. 진해에 살 땐 이 집 저 집 옮겨 다니느라 어린이치고 너무 바빴다는 이야기. 비를 맞으며 자전거를 타던 날과 할머니가 수세미를 뜨거나 돌판에

김을 굽던 모습에 대한 이야기도 들려주었는데, 사실 자전거 이야기는 이미 여러 번 들은 이야기였다. 서점에 들르기 시작해 안면을 튼 뒤로는 비가 올 때마다 그 이야기를 했기 때문이다. 정말 잊을 수 없나 보다. 자꾸 말하고 싶은가 보다. 서점 주인은 생각했고, 이야기를 들을 때마다 영수에게 다른 질문을 하나씩 던졌다. 자전거는 몇 살 때 처음 배웠어요? 비 맞으면서 자전거 타면 기분 어때요? 어디가는 길이었어요? 그냥 탄 거예요? 감기에 걸리지는 않았고요? 그날은 집에 와서 뭐 먹었어요? 커서도 종종 그래본 적이 있나요? 그 기분과 비슷한 기분을 느껴본 적은요? 영수가 진지하게 기억을 곱씹으며 대답을 하면 비를 맞으며 자전거를 타던 날의 이야기는 계속해서 풍성해지거나 변주되었다.

영수 씨 사진 한 장 찍어줄까요?

서점 주인이 영수에게 물었다.

오늘 그 코트가 너무 좋은 것 같아서요.

주인이 덧붙이자 영수가 고개를 끄덕였다. 서점 한쪽에

사진관이 있는 곳. 두 개의 출입구 중 한쪽은 독서 공간에 가깝고 한쪽은 사진관에 가까웠다. 영수는 카메라 앞에 섰고 서점 주인은 오늘 영수의 모습을 찍었다.

이번에 가면 언제 올 거예요?

금방 오고 싶을 거예요.

빨리 오지는 못한다는 뜻이구나. 서점 주인은 그렇게 생각하며 영수에게 사진을 건넸다. 영수는 고이고이 간직하겠다면서 사진을 지갑 안에 넣었다. 영수가 가고 서점 주인은 약간 흔들린 사진 한 장을 출입구 쪽 벽에 붙여두었다. 늦은 오후, 영수로부터 "기차 탔어요. 벚꽃이 필 때쯤에 다 같이 진해에 놀러 오시겠어요?"라는 메시지가 왔다. 봄까지 있으려나 보다, 라고 서점 주인은 생각했다.

그 뒤 며칠 간격으로 미소와 진이 차례로 서점에 들렀다. 미소는 서점 주인에게 영수의 안부를 물었다.

미소 씨, 진해 가본 적 있어요?

아니요.

미소는 대답하며 서점 안을 둘러보았다.

아참, 저 우산이요. 영수 씨가 미소 씨 가지시라고 했는데.

서점 주인은 미소에게 그렇게 말하며 출입구 쪽 우산꽂이에 꽂힌 영수의 올리브색 장우산을 가리켰다. 미소는 그쪽으로 걸어갔다.

가질게요.

미소가 우산을 꺼내 들었다. 미소를 따라온 서점 주인은 한쪽에 붙여두었던 영수의 사진을 보여주었다. 이럴 수가. 미소는 사진 속에서 깨끗한 네이비색 코트를 입은 영수를 보며 문득 엉뚱한 곳으로 공을 쳐내면서 어린아이처럼 웃던 그날의 영수를 떠올렸다. 지금 여기엔 영수도 없고 자신이 그런 경험을 한 적도 없었지만 문득 말 앞에 서서 깨끗하게 웃던 어린 영수의 마음이 고스란히 느껴졌던 것이다.

산책로 끝에 가면

[나 벌써 도착했어. 너 일하는 데로 갈게.]

퇴근 시간을 30분 앞두고 영실은 명자에게 메시지를 받았다. 그즈음 지속되던 폭염경보가 해제된 날이었다.

[아냐, 집에서 봐.]

영실이 답장을 보냈으나 메시지는 다시 오지 않았다.

명자는 영실의 집에 가장 많이 오는 사람이다. 둘은 초등학교 동창으로, 명자의 아들 가족이 영실의 집 근방에 산다. 두 사람이 나온 초등학교는 민간인통제선 가까이에 있었고 이제 그 동네에 사는 사람이 한 명도 없는 것을 보면 지난겨울 명자가 아들 집에 들렀다가 우연히 길에서 영실을 마주쳤던 일은 흔치 않은 우연이라고 할 수 있겠다. 아무튼 그 후로 명자는 매주 아들 집에 들를 때마다 영실의 집에도 들르곤 했다.

한번은 명자가 영실을 놀래줄 생각으로 영실이 일한다는 건물 앞으로 찾아간 적이 있었다. 여기 비 왔었어? 한겨울에 왜 이렇게 쫄딱 젖어 있어? 영실을 본 명자가 물었고 영실은 아니, 아니야, 라고 대답했다. 그 뒤로 영실은 늘 퇴근을 하고 집에 와서 씻은 다음에만 명자를 오게 했다.

명자와 영실은 가끔은 카페에 갔지만 대부분은 집에서 한쪽 모퉁이에 붙인 2인용 식탁의 의자에 나란히 앉아 이런저런 이야기를 나누곤 한다. 영실은 주로 명자의 옆모습을 보며 듣는 쪽이고 명자는 주로 정면의 벽을 보며 말하는 쪽이다. 그리고 열 번에 한 번쯤은 그 반대의 풍경이 된다.

5년 전 영실은 ㄱ 자도 ㄷ 자도 아닌, 없는 자음을 닮은 구조의 아파트로 이사 왔다. 이 집에서 3년을 넘겨 살 때까지도 영 정이 붙지 않아 근심이더니 이제는 거의 적응했다. 여기서 살다 죽을 수도 있을 나이라는 생각에 큰일이라도 난 것 같았는데 이 동네에서 일하며 돈을 벌고, 장을 보고, 친구를 사귀고 나니까 정이 좀 붙은 것 같았다. 무엇보다 이 동네로 일을 다니게 된 것이 가장 큰 이유라 여겼다.

영실이 이곳으로 이사를 와서 가장 먼저 한 일은 집 여기저기에 붙어 있던 시트지를 떼어내는 일이었다. 두 사람이 마주 보고 있거나 같은 우산을 쓰고 있는 그림이 방문마다 붙어 있었고, "LOVE"라는 영문이 욕실 한쪽 벽면을 차지하고 있기도 했다. 서로를 사랑하는 사람들이 살다 갔나 보다. 영실은 생각했다.

시트지를 떼어냈으나 접착 면이 그대로 남기도 했는데 스티커 제거제를 써봐도 영 소용이 없어 포기했다. 가끔 그 모습이 눈에 들어오면, 그냥 두는 것이 나았을지 그래도 떼어낸 것이 나았을지 영실은 골똘히 생각하곤 한다.

영실의 낡은 화분을 키우는 것이었다. 그래서 저번 집엔 마흔여덟 개의 크고 작은 화분이 있었는데 이번 집으로 오면서 전부 처분했다. 그 과정에서 '당근마켓'이라는 앱을 알게 되어 가입했고 나흘에 걸쳐 무료 나눔을 했다.

좋은 집으로 가서 잘 살겠지. 2천 원짜리 화분도 2만 원짜리처럼 키워놨으니까. 그랬으니까 내 할 도리는 한 거지 뭐. 그거 다 가져오면 나는 서서 잔다니? 명자가 영실의 이번 집에 처음 방문했던 날 영실이 말했었다. 2만 원짜리처럼 키워놨어? 명자가 맞장구를 쳤다. 근데 진숙이는 내가 힘들더라도 그걸 다 가져왔어야 한다는 거야. 키우던 걸 쉽게 버리는 사람이라면서. 명자는 좁다고 느껴지는 영실의 집에 앉아 더는 대꾸하지 않았고 영실도 더는 말을 잇지 않았다.

영실이 마지막 순서인 11층을 청소하고 있을 때 명자는 버스에서 내렸다. 2층에 은행이 있었는데, 우리은행이었나 신한은행이었나, 하면서 일단 횡단보도 앞에서 신호를 기다렸다. 반대편이었던 것만은 확실했다. 긴 신호를 기다려 길을 건넜고 지나는 사람은 많지 않았다.

버스에서 내린 지 얼마나 됐다고 더워도 너무 더워서 침을 꼴깍 삼킨 뒤 손에 꼭 쥔 손수건으로 얼굴에 흐른 땀을 닦았다. 10년, 20년 더 지나면 어떤 여름이 될까. 명자는 영실이 일하는 상가건물로 향했다. 27분 후 도착한다던 버스가 갑자기 3분 후 도착으로 바뀌면서 일찍 도착한 참이었다. 일찍 도착했는데, 폭염경보가 해제되었다고는 하지만 체감으로는 여전히 30도가 넘는 듯한 여름날이었다. 햇볕을 피해 건물 안에서 조금만 기다리면 영실의 퇴근 시간과 얼추 맞을 것 같았다. 영실에게는 버스에서 내리기 전에 메시지를 보내둔 상태였다. 두 은행 중 어떤 은행이 있던 건물이었는지 기억을 되짚으며 명자는 천천히 걸었다.

횡단보도를 두 번 건넌 뒤 명자는 잠시 멈춰 섰다. 이제 여기서 우회전을 하면 신한은행, 직진을 하면 우리은행이었다. 도로와 인접한 인도 쪽엔 직접 수확한 농산물을 파는 노점상과 꽃과 화분을 파는 트럭, 한 켤레에 5백 원이나

천 원 하는 양말을 파는 트럭, 땅콩빵과 찐 옥수수를 파는 트럭이 늘어서 있었다. 간간이 지나는 사람들은 그걸 구경하다가 사 가곤 했다. 바로 옆에 대형마트가 있었지만 바로 오늘 아침 수확해 온 듯한 농산물을 사는 사람이 적지 않은 곳이라는 걸 알고 있었다. 명자도 거기서 두어 번 열무와 배 같은 것을 산 적이 있었다. 그때 샀던 배는 조금 못생겼지만 싱싱해서 앞으로는 꼭 여기에서 사야겠다고 다짐했던 기억과 그나저나 거기 신고는 하고 장사를 하는 거냐고 아들이 묻던 기억을 떠올리는 동안에도 손님들은 오갔다.

주인이 한 손님을 상대하는 동안 다른 사람이 멈춰 섰다. 그는 이쪽 바구니에 담겨 있던 파 뿌리 몇 개를 다른 쪽 바구니로 옮기고선 먼저 온 손님을 상대하고 있던 주인에게 이 파를 주세요, 이거요, 라고 말했다. 주인은 그가 달라는 바구니의 파를 긴 봉투에 담아주며 만 원이라고 말했다. 그가 돈을 지불하고 떠나갔다.

원래 5천 원인데 만 원 받았어. 파를 더 가져가려고 몰래

막 옮기잖아. 내가 다 봤는데.

주인이 먼저 온 손님에게 말했고 먼저 와 있던 손님은 아이고, 우야노, 하고 말했다. 명자는 멍하니 그 장면을 지켜보다가 그들을 지나쳐 직진했다.

영실은 온몸이 땀에 젖은 상태로 명자 앞에 나타났다. 지하 2층 휴게실에 딸린 공간에서 대충 씻는 것은 가능했지만 어차피 집까지 걸어가는 동안 다시 땀에 젖게 될 터여서 그냥 나온 것이었다. 영실은 목에 두른 수건으로 땀을 닦았다. 명자는 건물 1층 카페에서 산 아이스바닐라라테를 내밀었다.

너는?

나는 먹었어.

그랬어? 맛 좋다.

이마트 가서 초밥 사 가자.

근데 나 땀 냄새 안 나?

안 나.

그럼 가자. 스킨하고 로션 사야 했는데 잘됐다.

영실과 명자는 이마트로 갔다. 지하 화장품 코너가 영실이 1년에 한 번, 스킨과 로션을 사는 곳이었다. 평일 오후의 마트는 한산했다. 그래도 신도시라 이런 대형마트도 있다고 명자가 말했고 영실이 고개를 끄덕였다.

어서 오세요.

영실은 예, 하면서 늘 쓰던 화장품 세트를 눈으로 찾았다.

밖에 비가 오나요?

비 안 와요. 땀이에요.

아.

이거다. 이걸로 주세요.

네, 금방 포장해드릴게요.

명자는 영실의 얼굴을 살폈다. 명자도 얼굴에 땀이 흘렀던 흔적은 있었지만 마트에 들어온 순간부터 에어컨 바람에 빠르게 원래 얼굴을 되찾고 있었는데 티셔츠까지 젖은 영실은 조금 느리게 말라가고 있었던 것이다. 우산이 없으셨나 봐요. 포장을 담당한 직원은 그렇게 말을 걸면서 열대기후 같은 요즘 날씨와 제품에 대한 상세한 설명을 이어 나갔고 영실은 다시 말했다.

비가 아니고 땀이에요.

영실과 명자는 화장품과 초밥과 청하를 사서 영실의 집으로 돌아왔다. 영실이 씻는 동안 명자는 영실이 가진 오래되고 예쁜 접시에 초밥을 옮겨 담고 아들에게 저녁에 들러도 되는지 묻는 메시지를 보냈다.

[오늘은 좀 그렇고요. 내일 오시면 어때요?]

명자는 유리잔에 얼음을 넣고 청하를 따랐다. 그리고 씻고 나온 뽀얀 얼굴의 영실에게 물었다.

나 오늘 자고 가도 돼?

되고말고.

자고 간 적은 한 번도 없었지만 영실은 허락했고 가방에서 도시락통을 꺼내 싱크대에 올려둔 뒤엔 초밥과 청하가 차려진 식탁 위에 쿠키 두 개를 내놓았다. 빨갛고 두툼한 쿠키였다. 둘은 배를 다 채운 뒤에 쿠키를 먹었다.

어디서 난 거야?

5층 사무실 사람들이 줬어.

요즘 사람들이 먹는 건가 보네.

맛있는데 단풍 맛 같은 게 닌다.

단풍 먹어봤어?

먹어봤다, 그래.

명자가 웃는 동안 영실은 커피를 내왔다. 평소에 영실은 믹스커피를 마시지 않았지만 명자와 함께 있을 때면 한 잔씩 먹곤 했다.

야, 근데 너 그 일 안 힘들어?

그럴 때가 있긴 한데, 그게 다는 아니니까.

명자는 영실이 아직 말하지 않은 고된 지난날을 떠올렸다. 소문으로만 떠도는 영실의 사연을 자세히 묻지 않는 것에는 그런 이유도 있었다. 2인용 식탁 위에 놓인 커피 잔을 바라보던 명자는 영실의 옆모습을 바라보았다.

참, 저번에 하도 심심해서 산책을 갔다가 그 끝에서 명자나무에 꽃이 핀 걸 봤거든. 자, 이렇게 생겼다.

영실은 휴대전화 사진첩을 열어 명자에게 명자나무 사진을 보여주었다.

이쁘지.

이쁘네. 영실나무도 있나 봐야겠다.

명자는 휴대전화로 영실나무를 검색했다.

영실나무는 없긴 한데 찔레나무 열매를 영실이라고 하네.

어, 그것도 마음에 드네.

명자나무 하니까 그때가 생각난다.

명자는 아주 오래전에 혼자 오래 사랑했던 사람에 대한 이야기를 들려주었다.

근데 넌 느닷없이 그 사람이 왜 생각났어. 명자나무랑 아무 상관이 없는 것 같은데.

영실이 물었고 명자는 무슨 말인가를 하려다 말았다. 둘은 일일드라마가 한창인 초저녁에 따로 잠들었다.

너희 집은 유난히 참 깨끗해.

눈을 감기 전 명자가 한 말은 그것이었다. 영실은 집에서 바닥이 가장 따뜻한 곳이 현관 바로 앞인 게 이유인지

손님에게 방을 내주고 싶었던 것인지 아무튼 현관 앞에 제 이부자리를 깔았다. 잘 자란 말도 없이 따로 잠들었지만 두 사람이 매일 밤 자기 전에 휴대전화로 〈품위 있게 늙는 다섯 가지 방법〉이라는 유튜브 영상을 틀어놓(지만 보지 못하고 곧바로 잠에 빠져드)는 모습은 그날도 여전했다.

숲

1

그 숲은 비슷한 모습의 나무들로 빽빽했다.

저기 조금 굽기도 한 게 소나무, 쭉 뻗은 게 편백나무 예요.

아, 다르군요.

네, 달라요.

저 소나무는 뿌리의 반이 밖으로 나와 있는데 곧 죽으려 나요?

반은 땅속에 있는 거죠. 살아 있는 거예요.

음, 다행이다.

나는 혼잣말했다. 슬렁슬렁 걷다 오자는 현경의 말에 야무지게 챙겨 입고 따라나섰다가 온몸이 흠뻑 젖은 후였다. 정상에 올라 망원경으로 시내를 내려다보며 땀을 식힌 뒤엔 돌아온 길을 되짚어 내려왔다. 눈앞의 나무가 소나무인지 편백나무인지 속으로 맞춰가면서 내려왔더니 금방이었다. 서너 번 와본 적이 있던 곳이었는데 나무 아래 형성된 음지에 넓게 자리 잡은 것들이 차나무란 것은 처음 알았다.

2

현경을 처음 본 것은 10년도 더 된 이야기로, 삼촌의 부탁으로 급하게 갔던 행사장에서였다. 꿀벌 인형 탈을 쓰고 행사장을 방문한 아이들과 놀아주거나 함께 사진을 찍어주는 일이었는데, 꿀벌 의상의 크기가 정해져 있다 보니 모인 사람들 모두가 거의 같은 키였다. 경험이 많았던 현경은 내가 그 일이 처음이었던 것이 티가 났는지, 휴게실에 놓인 얼음물이며 간식을 챙겨 주었다. 그러다가 쉬는 시간이 끝나면 다시 탈을 쓰고 나가 저만치 느릿느릿 귀엽게 움직였다. 나는 현경의 몸동작을 따라 했다. 너무 움직임이 크면 아이들이 다칠 수 있다고 말해준 것도 현경이었다.

일을 마친 뒤 챙겨 간 여벌 옷으로 갈아입고 행사장 근처 편의점에서 캔맥주를 마시고 있을 때 현경이 내 앞에 앉았다. 그녀는 꽤 먼 곳에 살고 있었다. 우리는 하나 마나 한 얘기들을 주고받다가 헤어졌는데 그 뒤로 두어 달에 한 번쯤 연락을 하는 사이가 되었다. 언제는 부모님 댁 염소가 실종되었다는 연락을 해왔고 또 언제는 감자는 겨울 감자가 맛있다는 연락을, 또 언제는 갖고 싶은 시집이 절판되었다는 연락을, 또 언제는 바지를 사러 나갔다가 티셔츠를 사고 돌아왔다는 연락을, 또 언제는 간만에 복수를 했더니 역시 약간의 손해를 보게 되었다는 연락을 해왔다.

모두 싱거운 얘기들 같았지만 이상하게 나는 현경의 이야기들을 꽤 많이 기억하고 있었다. 그때 내 삶에는 염소라든지 겨울 감자라든지 절판 시집이라는 단어를 들을 일이 없었던 것 같고 바지를 사러 나갔다가 티셔츠를 사고 돌아왔다는 사람도 없었던 것 같다. 나는 그게 좋았다. 현경의 천천한 말투와 이야기들이 고요하면서 조금 낯설다는 게.

3

그랬지만 사실상 자주 만나는 것은 아니었고 일대일의 관계였으며 알고 지낸 시간이 짧지 않은 것치고는 사생활에 대해 깊이 아는 것도 아니었으므로(예전엔 친구라면 서로의 삶을 공유해야 한다고 믿었었다) 언제 연락이 끊겨도 이상하지 않을 사이였을지 모르겠는데 다행히 우리는 다시 만나게 되었다(나는 첫 만남보다 그 두 번째 만남을 정말 다행이라여긴다). 꿀벌 인형 탈이 아니라 본얼굴을 하고서였다. 춘

천에 여행을 갔다가 오래전에 운행을 멈춘 기차역 한편에서 현경이 갖고 싶다던 절판 시집을 발견했던 것이다. 물론 그 시집을 갖고 올 순 없었지만 현경이 춘천에 올 수는 있었다(얼마나 멀리 사는지 다음 날 도착했다). 처음에 나는 현경의 갑작스러운 출발이 의아했고 먼 길을 오는 것에 대한 약간의 부담을 느끼기도 했는데 현경이 아무렇지 않은 표정으로, 아무 의도 없는 얼굴로 춘천 거리를 자연스럽게 걷는 모습에 곧 그런 마음을 걷어낼 수 있었다.

우리는 닭갈비를 먹고서 소양강댐을 구경했으며 맥주를 잔뜩 마신 뒤에 꼭 영화 〈조제, 호랑이 그리고 물고기들〉에 나왔던 것만 같은 모텔에서 각자 방을 얻어 잤다. 처음엔 하나의 방을 얻었는데 화장실 문이 없어 하나를 더 얻을 수밖에 없었다.

그날 늦은 밤까지 맥주를 마셨던 호프집에선 우리가 곧 나가려던 찰나 한 아저씨가 골든 벨을 울렸던 일도 있었다. 어떻게 이런 일이—. 역시 고요한 목소리로 눈을 크게 뜨기에 나는 오래전 홍대 앞 '밤과 음악 사이'에서 누군가 골든 벨을 울렸던 경험을 꺼내보았다. 맥락 없이 꺼낼 얘기가 아니라서 그 일을 처음으로 말해볼 수 있었다는 게, 그러니까 단지 그게 내게는 너무 고맙고 재미있게 느껴진다 싶어, 자려고 눈을 감은 뒤에도 이런 일이 다 있네—, 하면서 혼자 웃었던 것 같다.

4

그 뒤로 현경과 나는 1년에 한두 번쯤은 꼭 만나곤 했다. 대부분은 좀 걷자는 현경의 연락으로 시작되는 만남이었다. 우리는 서로가 사는 지역을 오가며 산책했다. 그러는 동안 내가 가족과 연을 끊은 이야기라든지 서로가 사랑한 사람들에 대한 이야기가 오갔다. 내가 사랑했던(지금도 사랑하고 있는) 사람이 나를 두 번 떠났다가 그래도 한 번은 돌아왔던 일이라든지, 현경이 사랑했던 사람과 이별한 뒤 얼마나 힘들었는지, 어떻게 일상이 달라졌는지 그런 것들.

우산이끼가 빼곡했던 산책로에서 내가 이제 괜찮은 것 같다고 말했더니 이제 시작일 수도 있다고, 전에 없이 엄포를 놓던 목소리─.

두 시간을 걸어 도착한, 역사가 오래된 우체국 앞에서 사진을 찍던 어느 가을─조금 뚱뚱하게 나왔네요, 하기에 뚱뚱하게 나온 게 아니라 뚱뚱한 거지요, 했더니 아유, 그렇게 말해주시니 속 시원하고 좋다고 하기에 마음 놓고 함께 웃었던 일─을 겪고 나면 누군가 나를 있는 그대로 봐준 것 같아 자유로운 기분이 되면서 도통 빠져나오기 어려웠던 잦은 우울로부터 때때로 무뎌지곤 했던 것 같다. 나는 그런 순간들을 떠올릴 때마다, 그것이 크게 웃고 지나가는 한순간이 아니라 어떤 사건으로 여겨지고 그래서 문법에 맞지 않더라도 '겪었다'는 동사를 쓰고야 말겠다는 결심을 하곤 했다.

5

숲에서 내려와 칼국수를 먹으러 갔다. 카운터 쪽에 앉아 차가운 보리차를 마시고 먼저 나온 김치 한 조각을 맛보며 숨을 돌리는데, 글쎄 그제는 흰 테이블에 김칫물이 묻었는데 아무리 닦아도 닦이지 않던 꿈을 꾸었다고 현경이 말했다. 그랬느냐고, 무슨 답답한 일이라도 있었느냐고, 하면서 국수를 기다리는데 고교생 세 명이 들어왔고 그중 한 명이 카운터에 앉아 고요히 신문을 보던 주인 할아버지에게 다짜고짜 물었다.

할아버지, 할아버지 어떻게 살아왔어?

그건 왜.

과제란 말이야. 빨리 말해줘.

가, 귀찮어.

아, 할아버지, 과제라고.

그걸 지금 여기서 물으면 어쩌냐.

그럼 언제 어디서 물어야 하는데.

가, 귀찮어.

우리는 보들보들한 칼국수 면을 얌전히 끊어 먹었다. 집으로 돌아가서는 기한이 지나 팔 수 없게 되어버린 커피 캡슐을 분리하는 작업을 같이하기로 했다.

6

현경의 집으로 돌아와 차례로 몸을 씻었다. 보송한 수건으로 얼굴을 닦으며 문득 거울을 보았는데 물 자국 하나 없이 깨끗했다. 라디오를 틀어놓고 오렌지를 하나씩 까먹은 뒤에 현경이 커피가 담긴 상자를 가져왔다. 오프너를 오른손에 쥐고 현경이 알려준 대로 내용물을 분리하기 시작했다.

치열하게 사셨겠지요.

네?

할아버지요.

아.

손에 커피 향이 배는 건 각오한 일이었다. 오후 4시가 되자 갑자기 거실로 햇살이 번쩍 들어왔다가 사라졌다. 그런 뒤로 상자 안에 손을 넣으면 캡슐이 바로 잡히지 않았다.

거의 다 했어요.

끝인 줄 아셨지요?

응차, 하면서 일어난 현경이 박스 하나를 더 가져왔다. 나는 뒤로 누워버렸다.

일어나세요.

…….

쉬세요.

나는 응차, 하면서 일어나 다시 오프너를 손에 쥐었다.

바지를 하나 사야 할 것 같아요. 아니면 두 개.

현경이 말했다. 내가 알기로 현경은 물건을 오래 쓰는 사람이었다.

7

근데 그거는 왜 그렇게 약하게 만들어놓은 거예요?

염소 다치지 말라고 그러는 거예요.

8

기차 안에서 자지 않고 창밖을 바라보았다. 모내기를 마친 논이 좋아 보여서 어릴 때 엉망으로 모내기를 돕던 때를 떠올렸다. 난 개구리와 메뚜기를 좋아했었지, 하면서 사진을 찍는 동안 도서관에서 일하는 유원이 글쎄 이런 일이다 있었다면서 "그 사람이 1년 만에 우산을 반납하고 갔다"라는 메시지를 보내왔다. 대여해준 우산은 도서관 소유가 아니라 유원의 우산이었다. 기다리다 보니 그런 일이 다 있다고 답장을 보냈더니 딱 잘라 말하기 어려울 정도로 기다리기도 했고 기다리지 않았다고도 했다.

[그래서 그 사람이 뭐래?]

[고마웠대.]

[고마웠대?]

[응, 그래서 나도 고맙다고 했어.]

9

마을버스 정류장은 작곡가가 운영하는 음반 기획사 건물 앞에 있었다. 부녀로 보이는 두 사람이 거기는 어떻고 거기는 어떻대, 하면서 주변 세 군데의 고등학교에 대한 정보를 나누고 있었다. 나는 두 사람의 꽉 잡은 손을 물끄러미 바라보았다.

마을버스에서 내렸을 땐 갑자기 무거운 빗방울이 떨어지기 시작했지만 5분 안에 집에 도착할 예정이었으므로 개의치 않고 비를 맞으며 천천히 걸었다. 일요일 오후 골목은 한산했는데 목발을 짚은 한 남자가 앞서가는 여자를 향해 잠깐만 서보라고, 얘기 좀 하자고 말하는 모습을 보았다. 그는 커다란 장우산까지 들고 있어 더 빠르게 걷는 것이 무리인 듯 보였고, 걸음을 멈추고 한쪽 목발을 들어 손짓하듯 여자를 향해 반복해서 잠깐만, 하고 외쳤지만 여자는 우산도 없이 내리는 비를 맞으며 빠르게 멀어질 뿐이었다.

나는 곧 집에 도착해 깨끗하게 몸을 씻었다. 거울이 물자국으로 엉망이기에 거울 청소도 한 뒤엔 숲에서 입었던 옷들을 세탁기에 넣고 얕은 잠에 빠져들었다. 그러는 동안 비가 그쳤지만 하늘이 여전히 흐린 것 같아 고민을 조금 하다가 다시 비가 오면 걷자, 하면서 다 된 빨래를 마당에 널고 있는데, 3층에 사는 준이가 어른 슬리퍼를 신고 내려왔다.

어제 마라톤 했어요.

아, 진짜?

네.

대단한데.

5킬로미터.

그래서 어땠어?

재밌었죠.

그러더니 준이는 내게 동요를 틀어달라 했고 내가 빨래를 널다 말고 동요를 틀어주자 계단에 앉아 그 노래를 작게 따라 불렀다.

점심은 먹었어?

네, 오늘부터는 양파 실험을 할 거예요.

양파 실험?

네, 숙제예요.

결과 나오면 나도 좀 알려줘.

그럴게요.

나는 왜인지 안전하다는 기분이 들었고 헤어질 때의 모습이 그 사람의 본모습이라면 이제 더는 그 사람을 기다리지 않아도 될 것 같다는 생각을 했다.

[면밀히 관찰한 결과, 물닭의 먹이를 갈매기가 먹더군요.]

현경에게서 메시지가 왔다. 나는 물닭의 먹이를 갈매기가 먹는 모습을 면밀히 관찰하고 내게 전해준 현경에게 고마운 마음이 들었다.

그리고 어느 해 봄―회사에서 비빔밥으로 메뉴를 통일했는데 비비기가 너무 싫다는 내 메시지에 혹시 무슨 일이 있었느냐고 물어왔던 때―조용히 우느라고 한참 답을 하지 못했더니 괜찮으냐고 묻기에 괜찮다고 했더니 다행이라는 대답이 돌아왔을 때.

그때 나는 내가 괜찮다고 말할 수 있다는 게 좋았다. 괜찮지 않은 마음도 있었지만 그게 다는 아니었으니까. 그게 내가 사람을 사랑하는 방식이라고 생각한 건 그때가 처음이었던 것 같고 그 뒤로 나는 안심하고 현경의 그림자와 함께 걸었다.

이제 내 기억 속에서 현경은 내게 소나무와 편백나무를

구분하는 법과 나무 아래 음지에 서식하는 차나무의 존재를 알려주며 새들이 지저귀는 숲속을 걷는다. 흰 종이에 빼곡하게 흰 글씨를 쓰고 있는 사람처럼 그렇게 걸어간다.